1
冬月光輝
Illustration 双葉はづき
悲劇のヒロインぶる妹のせいで
婚約破棄したのですが、
何故か 正義感の強い
王太子に絡まれるようになりました

レイア・ウェストリア
エルシャイド王国の聖女
エリック・エルシャイド
エルシャイド王国の王太子

デール・エルシャイド
エルシャイド王国の第二王子
ジェイド・ベルクライン
大貴族ベルクライン家の当主
ジル・ウェストリア
レイアの異母妹

Contents

I broke off my engagement because of
my younger sister's tragic heroine act,
but became entangled with the Crown Prince
who has a strong sense of justice
for some reason.

悲劇のヒロインぶる妹のせいで婚約破棄したのですが、何故か正義感の強い王太子に絡まれるようになりました

1

冬月光輝

Illustration 双葉はづき

I broke off my engagement because of
my younger sister's tragic heroine act,
but became entangled with the Crown Prince
who has a strong sense of justice
for some reason.

イラスト：双葉はづき

プロローグ

人間、誰しもが物語の主人公であるかのような振る舞いをした経験があると思う。

そして、その物語が喜劇なのか悲劇なのかどうかは人それぞれである。

私の腹違いの妹であるジルは特にそのような傾向が強く、自分は悲劇の中のヒロインだと信じて疑わないような立ち振る舞いを常に行っていた。

どうせ自分など、と泣いてみせて可憐《かれん》な容姿も相まって周囲から同情を買うのがとても上手だった。

「ねぇお姉様、この髪飾りとぉっても可愛《かわい》いですわね。私の方が似合うと思いますの。いただいてもよろしいですか？」

「駄目ですよ。買ったばかりで気に入っていますから」

「そんなぁ、酷《ひど》いですわぁ。お姉様は意地悪ですのぉ。ぐす……」

つい先日も、ジルは私のお気に入りの髪飾りを手にするとそれを欲しがり、私が断る言葉を言い終わるやいなやグスグスと泣き出した。

「ジル？　どうしましたか？　あなたはまたジルを泣かして。まったく」

「お姉様は悪くありませんわ。私が悪いのです。お姉様の髪飾りを見せて欲しいと我儘《わがまま》を言ってしまったのですから」

「ジルは本当に優しいわね。それに比べてレイアときたら」

幾度となく繰り返されたお決まりのパターン。私は義母と妹の会話をうんざり顔で聞いていた。

いつもこんな調子なので、いつの間にか妹と距離を取るようになったのは無理がないのだと思う。

私はジルと関わるのが怖い。昔は我儘のひとつひとつに反論していたが、彼女の演技が一枚上手なのか周りに一向に理解してもらえず、今では諦めてしまっていた。

わかる人だけわかってくれれば良い。そのうち、きっと誰かわかってくれるはず。

しかし、それが幻想だということを私は身をもって知ることとなる。

「レイア、婚約破棄の理由はわかっているな？　お前が裏で妹のジルを虐《いじ》めているとは思わなかった」

冬が終わりを告げて雪が溶け、まだ冷たさが残る風が吹くある春の日。ジルベルト公爵家の嫡男であるフィリップ様は私を呼び出して婚約破棄を宣言した。

何で私が責め立てられているのか到底理解ができなかった。心当たりがない話を捲《まく》し立てられて、頭が痛くなる。

どうやら、彼は私が妹のジルを虐めていると思い込んでいるらしい。

心底呆《あき》れたような表情をする彼から、それは簡単に察することができた。

「ジルは涙ながらに語っていたよ。〝姉さんが聖女として国に貢献をしているのを毎日ひけらかす〟

と。まるでジルが聖女になれなかった落ちこぼれだと嘲笑《あざわら》い、役立たずだと罵るように。そんな日々を過ごしているせいで、姉であるお前の顔を見ると動悸《どうき》が収まらぬようになってきた、とも言っていた」

フィリップ様は私がジルへ行ったという虐めの内容を語る。

確かに私は聖女になった。そしてジルは能力が足りないとして聖女にはなれなかった。

しかし、だからといって私が、ジルにそんな己をひけらかすような真似《まね》をしたという事実は一度だってない。それは神に誓って言える。

聖女としてのお務めがどんなものなのか彼女にやたらと問われるので、それに答えたという記憶なら確かにあった。

きっとジルの頭の中ではそれも私の自慢話に変換されているのだろう。

ジルが凄《すご》いのは事実を捻《ね》じ曲げて解釈して、あたかもそれが真実であるかのように振る舞えるところなのである。

油断していると何もしていないのに私が悪いと思ってしまうくらいなのだ。

だから、フィリップ様だって実際に私がジルを虐めていると信じて疑わない。

また厄介な話になっていると、私は心の中で何度もため息をついた。

「私はジルを虐めてなどいません。聖女として神に誓ってそれは――」

「また聖女であるとひけらかす！　お前は自分が優秀だというのが大層自慢らしいが、優秀だから何をしても許されると思ったら大間違いだぞ！　聖女なら人格も聖女らしくあるように努力したらどうだ!?」

私の言い分は聖女であるとひけらかしたとして封殺された。

そう言われても、私は何をしても許されるなど思っていないし、聖女であると自慢した事実もない。

しかしながら、ジルの話を鵜呑《うの》みにしているフィリップ様にとって、私は既に憎悪の対象となっているようだ。

「では、言い方を変えましょう。私を信じてください。一人の人間としてレイア・ウェストリアを信じてはいただけませんか？　ジルの言い分だけを一方的に信じるのは不公平だと思います」

「お前はジルを嘘《うそ》つき呼ばわりするのか！　今にも消えそうな声と青ざめた表情で、涙をボロボロこぼして訴えたのだぞ！　お前は姉だろ!?　肉親なのに、どうしてそんな酷いことができるのか！俺には理解できん!!　ううう……！」

私は私自身を信じて欲しいと主張した。フィリップ様に少しでも私への信頼が残っている可能性に賭けて。

でも、残念ながら私の訴えは無駄だったみたいだ。フィリップ様は私の主張など聞かず、涙を流しながら私にジルの不憫《ふびん》さを訴えている。

（もしかして我が妹のヒロイン気質は他人にまで伝染するのだろうか？）

フィリップ様の涙を見ているとそうとしか考えられなくなる。ただ、そんな状況でもフィリップ様にとってジルこそが絶対的なヒロインという前提だけは覆らないらしい。

だから、私の声は彼にまったく届かなくなってしまった。悲しいけど、フィリップ様にとってジルを否定する私は悪そのものなのだ。

彼もまた、ヒロインであるジルを守るヒーローとしての自分に酔ってしまっている。そんな彼の姿を見ていると信じてもらおうとする行為自体が無駄だと思えた。

「わかりました。信じていただけないのなら結構です。それでは、これから結界を張りに行きますので」

自分もジルのように弱い自分を演じてみせられれば良かったのかもしれない。でも、私にはそれがどうしてもできなかった。

結局、いつもジルの主張は間違っていると訴えることしかできないのだ。

結果こうやって、悪者は私という構図になる。フィリップ様に少しでも私を信じる心が残っていれば、まだ話し合う余地はあったと思うが、私が悪いという前提が崩れないのならもう何を言っても議論は平行線を辿《たど》るに違いない。

それに私にはこれからやるべき務めがある。先ほどから私がジルを虐めた内容として出されている、聖女としての務めを果たさなくてはならないのだ。

今日は、王都の東の森から魔物が入らぬように結界を張るように仰せつかっている。

この国、エルシャイド王国の王室から直接の依頼なので遅れるわけにはいかないのである。

「お、おい！　婚約破棄だぞ！　お前、なんか受け入れるのが早くないか!?　この薄情者！」

ここに来てようやく、フィリップ様が焦ったような表情を見せた。

(受け入れるのが早いと言われても困るわ。フィリップ様の方が私の言葉を聞く姿勢を取ってくれないのに)

婚約者の言い分を聞かぬ彼の方が余程薄情な気がする。

そう反論をしたい気持ちもあったけれど、それを言ってもしょうがないし、何よりこの場にいるのが辛《つら》いため、早く立ち去りたかった。

私としては、こうなってしまった以上婚姻しない方が良いと思っている。

公爵家との縁談を壊したことは父に咎《とが》められるだろうが、恐らくフィリップ様はジルにアプローチするはず。それは何となく予想できた。

そしてそうなれば、今までどおり公爵家と縁を結ぶことはできるのだから、家としての不利益は少ないだろう。

ジルはすでにフィリップ様の心を自分のものにしている。根拠はないけど彼女との長い姉妹生活によって、それが間違いないと信じられた。

フィリップ様の屋敷の前で待たせておいた馬車に乗り、私は王都の東側にある森を目指す。

それにしても聖女として自分をひけらかしている、とはよく言ったものだ。はぁ、と私はため息をついてフィリップ様の言葉を反芻《はんすう》する。

ジルは私が聖女に選ばれたことにコンプレックスを抱いていたのだろう。

聖女とは、国を様々な災厄から守護する三人の女性を指し、それぞれ教会に所属している。

大陸の東側で主に信仰されているエージェ教。このエルシャイド王国でも国教に指定されている。

そして、エージェ教を国教とする国々には聖女がおり、その人数は必ず三人にすべきだと決まっているのだ。

なぜ三人なのかというと、エージェ教は三という数字が神聖な数字だと信じられているからに他ならないが、そこに私とジルの確執の理由がある。

二年前に一人の聖女が引退を表明したので、新たな聖女を任命するために教会は聖女の選抜試験を開催した。

私とジルはその試験を共に受けたのだ。

私たちは試験を突破し続けて、二人とも最終試験を受ける七人の中に残った。

我がウェストリア家は、古くは名だたる魔術師を輩出した家系で、私もジルも生まれつき魔力の量は普通の人よりも大きかったから、魔法の成績が特に合否に関わるこの試験の性質上、かなり有利だったのである。

そんな事情もあって最終候補に残ったわけだが、ジルはまるで合格が決まったみたいに歓喜した。

自分が憧れていた聖女になれるのだと、残り七人から一人しか選ばれないという状況も忘れて、はしゃいでいたのをよく覚えている。

しかし結果は、私が聖女に選ばれてジルは落選。あのときのジルの顔は忘れられない。いつもと違って明らかな敵意を持って私を睨《にら》みつける彼女は、強い憎悪の感情を抱いているように見えた。

こんな表情もするのかと背筋が凍り付いたのを覚えている。可愛らしく悲劇のヒロインぶるのとは違う、彼女の憎しみと敵意が同居した負の感情が大きく現れたのはこのときが初めてだっただろう。

「お姉様、ずるいですわ」と泣きながら私を糾弾した彼女。それから、ずっとこの話を引き合いに出し、私が聖女であることをひけらかしていると吹聴《ふいちょう》するようになった。

どんなにやめて欲しいと頼んでも聞く耳を持ってくれず、それが原因でまさかこういった話になるとは……。

「はぁ、気が重いですね」

馬車が東の森に着いたとき、私は再びため息をこぼした。

しかし、今から結界を張らねばならないので、どうにか頭を切り替える。

私は森の様子を確認するために馬車から出た。

「なるほど、随分前に結界が破損した形跡があります。これは大規模に結界の術式を展開させなくては」

森を確認すると思った以上に結界が壊れており、魔物が素通りできるような状況になっていた。

これは急いだ方が良さそうだ。

私は跪《ひざまず》いて天に向かって祈りを捧《ささ》げる。

祈りによって神からの力を借り、その力を光の魔力に変換させて地面に並べた五つの石碑を使って魔法陣を展開させた。

そうして、魔法陣によって範囲を指定して、森全体を覆い尽くす結界を形成していると。

「君が聖女レイアかい？」

「――っ!?」

いきなり背後から声をかけられ、驚きながら振り返る。

「君が妹を虐めているという不届きな聖女なのかい？」

そこにいたのはエルシャイド王国の王太子殿下、エリック・エルシャイドだった。

美しい銀髪と吸い込まれそうになるほど濃い藍色の瞳。そんな彼に見つめられて、私は一瞬、ドキリとしてしまう。

（どうして王太子殿下が私に声をかけられたのだろう？）

それに妹を虐めているとは、まるでフィリップ様みたいな言い方をされているが、これは一体どういうことなのだろうか。

第1章　悲劇のヒロインと正義感の強い王太子

「どうした？　なぜ黙っている？」

　エリック殿下は厳しそうな視線を私に送る。

　思わず緊張するが、同時に初対面の人間に対して随分な態度だと思った。王太子といえども最初からこのような態度で来られると、少し不快である。

「エリック殿下、お初にお目にかかります。レイア・ウェストリアでございます。先ほど仰《おつしや》られたような、私が妹を虐《いじ》めているという事実は一切ございません」

　私は結界を張る作業を継続しつつエリック殿下に挨拶をした。ちょうど、魔法陣に魔力を込めて森全体を結界で包むように術を発動させようとしていたので、王太子の前だろうと中断するつもりはない。

　もちろん、妹に対して虐めをしたという話は否定した。事実無根なのだから。

「ふむ。友人のフィリップから君がジルという妹を随分と虐めて、精神的に追い込んだと聞いているが？」

「フィリップ様にも同様に問いただされましたが、事実無根としか言えません。ジルの被害妄想としか」

「だが、虐める側というのは認識してないことも多いだろうし、君がそう思っているだけで、実際は違うかもしれない」

エリック殿下の主張も間違ってはいない。話だけ聞くとそう思うのも無理はないと思う。

だけど、殿下はジルを知らない。

ジルは思い込みも激しい子なので、本気で私から虐められていると信じている。そうなるとそれは私がどう否定しても、彼女にとっては真実と変わらないのだ。

だからフィリップ様も彼女の言い分を信じるし、同情もする。

こうなると、二人の間では私がジルを虐めたという虚実は真実となって共有され——どんなに弁解してもそれは虐めた側の理屈として扱われてしまう。

だから面倒な話になるのだ。思い込みをしている相手にその認識を改めさせるのは、非常に難しいことを私は嫌というほど知っている。

「何と言われようと、私がジルを貶《おとし》めるようなことを口にした事実はありません。エリック殿下は正義感が強く、公明正大な方だと聞き及んでおりましたが、何も知らない上に一方の言い分を聞いただけで早計な判断をするとは。噂《うわさ》というのは案外アテになりませんね」

「ほう……」

(やってしまった。思わず棘《とげ》のある言い方をしてしまったわ)

声に出した瞬間に私は後悔した。どうやら婚約破棄を言い渡されて少なからずストレスが溜《た》まっていたみたいだ。

ジルには色々と嫌な気持ちにさせられてきた。それに加えて、何も知らない殿下にいきなり「妹を虐める不届きな聖女」呼ばわりされたのだから、怒りの感情が湧いてしまっても仕方ないだろう。

聖女だって耐えられないストレスはある。特に今日の私は婚約破棄されたばかりで、とても神経質になっていた。

それに相手が王太子だからといって、不当な扱いを黙って呑《の》み込むなんてできない。信じてもらえなくても反論くらいはしたい。

だからといって私の言動がまずかったのは間違いない。

困った話になった。これでは、王太子殿下に喧嘩《けんか》を売ったのも同然だ。

私が妹を虐めた聖女だという話は王室の中でも認知されるだろう。

聖女でいられなくなるという未来まで想像してしまう。

「なるほど。確かに何も知らないのは事実だ。しかし、フィリップの奴《やつ》は泣いて君が妹に酷《ひど》いことをしていると主張していた。友人が泣いていたのだからと義憤に駆られたのだが……」

私の話を聞いたエリック殿下は腕を組んで頷《うなず》いた。

あまりにも一方的な態度だったのできつく返してしまったが、一応、話は聞いてくれたようだ。

しかし、フィリップ様がエリック殿下にも泣いて話をするほどジルの悲劇のヒロインぶりを真に受けていたとは思わなかった。

伝聞でここまでエリック殿下を動かすとは、我が妹ながら恐ろしい。

「では、まずは君を知ることから始めさせてもらおう。君の言うとおりフィリップの言い分だけ信じるのはフェアではなかった。それについては申し訳なかったと反省しよう」

「……あのう、殿下？」

軽く謝罪の言葉を述べた殿下は、近くにある岩の上に座って私をジッと見つめ始める。

そのままずっと私を観察するつもりなのだろうか。

妙に素直で、不思議な方だと感じると同時に、少しだけ呆《あき》れてしまった。

なぜ呆れたのかには、理由がある。その場所が危険という単純明快な理由が。

「伏せてください！」

私はエリック殿下の背後から飛びかかろうとした魔物に向かってナイフを放った。

魔物は魔力が込められたナイフによって絶命する。結界を張りながらでも、簡単な魔法くらいは使って自衛することはできる。

というより、強さは聖女になるための最低条件だから、このくらいできなければいけない。

ここは魔物の群棲地《ぐんせいち》である森の付近。結界を張るという依頼は大体、こういうところで行われるのだ。

ゆえに王太子殿下ともあろう方が踏み入れて良い場所ではなく、エリック殿下の行動は迂闊《うかつ》としか言いようがなかった。

結界を張っている最中に魔物がこちらに飛び出すことなど頻繁に起こり得る。

しかし、護衛の方が、なんでエリック殿下と距離を取っているのかわからない。こういうときの護衛ではないのだろうか。

「エリック殿下、こちらから離れた方がよろしいですよ。お怪我《けが》をされてしまうと私の責任問題になりますし。お願いですから、この場から――っ!?」

その瞬間、エリック殿下は身に着けていた剣を抜いて、こちらに物凄《ものすご》いスピードで飛び出してきた。

音もなく、風のように接近する彼の疾《はや》さは常人離れしている。

「心配しなくても大丈夫だ。僕は強い。一応、護衛はつけているが自分の身くらい自分で守れる」

私の耳元で自らの強さを語るエリック殿下。

振り返ると、背後にいた大きな魔物が殿下の剣に串刺しにされていた。

一国の王太子として、学業は非常に優秀で努力もされていると聞いてはいたが、剣術も一流だったとは。

(背後の魔物の気配に私が気付いたのと、ほぼ同時に飛び出していたのには驚いたわ)

私は聖女として魔物を感知するスピードを鍛えていたのだが、エリック殿下の反応はそれと変わらなかった。

生半可な訓練ではここまでの反応を見せることはできないだろう。

「僕には敵が多いのだ。王太子の僕が言うのもなんだが、この国の中枢は腐っていてな。膿《うみ》を出すために糾弾してたら、いつの間にか毎日のように暗殺者に狙われる始末だ」

「暗殺者に狙われる？　王太子であるエリック殿下が、ですか？」

「ああ。今月だけでもう二十人くらい捕まえた。もちろん、事情聴取の後に全員を死刑にしている。王位継承者の命を狙うとはそれだけのことだからね。でも、そうやって許せないことを許せないと処罰を続けていた結果、こんな面倒なことになっているんだ」

エリック殿下は、他人事《ひとごと》のように自らの正義感のせいで命を狙われていると告白する。

それで、ここまで強くなったとでもいうのだろうか。護衛すら信用できないから……。

「君の聖女としての実力は申し分ない。それはよくわかった。僕は勝手に見てるから、君はこちらを気にせずに結界を張る作業を続けるといい」

再び岩の上に座って、足を組みながらこちらをジッと見つめる殿下。

誰かに見られながら結界を張るなど、修行時代以来だから少し緊張する。

どうして、王太子殿下からこんなに変な絡み方をされているのか疑問に思いながら、務めを果たすため、とりあえずは目の前の結界に集中することにした。

◆

夕方の鐘の音が街から微《かす》かに聞こえた。

「今日の作業は終わりましたので帰らせていただきます」

「さすが聖女だ。仕事が早くて助かる。それでは僕も急いで王宮に戻るとしよう。では、また」

エリック殿下に頭を下げながら挨拶をした私は、そのまま馬車に乗って帰路に就く。

（またって言っていたからには明日も来るのだろうか。なんだかおかしな話になってしまったわ）

エリック殿下に見つめられながら務めを行ったため、いつも以上に疲れを感じていた。

それにしても、本当に面倒が積み重なった一日だった。婚約破棄の話は父には既に伝わっているだろうか。

疲れているのに、これから更にお説教を受けると想像すると頭が痛い。この頭痛は治癒魔法でも治せないのが残念でならない。


「お帰りなさいませ、お姉様。本日も聖女としてのお務めお疲れさまです」

憂鬱な気持ちで家に帰ると妹のジルが満面の笑みで私を迎える。周りの人は彼女の笑顔を天使の微笑《ほほえ》みなどと言っているけど、生憎《あいにく》、私には悪魔の微笑みに見える。

いつもは私を出迎えることなどしないのに、機嫌良く私に近付いて来るのは婚約破棄の話が伝わっているからだろう。

「ジル、あなたフィリップ様に私から虐められていると訴えましたね？」

「わ、わたくしがお姉様の悪口をフィリップ様に吹聴《ふいちょう》したと仰るのですかぁ？……ぐすっ、ひ、酷いですわ。お姉様ぁ、あんまりですぅ」

私がフィリップ様に出鱈目《でたらめ》を吹き込んだ件について言及すると、ジルは途端に涙目になった。

ああ、また泣き出した。妹が涙を流すまで、およそ二秒。

この速さは大したものだ。ある意味、感心すらしている。泣くまでの時間が速くなるのに比例して、面倒さが増している点が厄介極まりない。

でも、本当に面倒なのはその後である。なんせ、この子が泣くと決まって彼女が現れるのだ。

「レイア！　あなたはまたジルに暴言を吐きましたね!?　どうして、あなたは妹に優しくできないのですか!?　可哀想《かわいそう》に怯《おび》えてしまって」

義母のエカチェリーナが階段から降りてきて声を荒げる。

私は実母と幼いときに死別した。エカチェリーナは父の後妻。

彼女はジルの実の母親で、私を何かと目の敵にしていた。

一方で、我が子であるジルを溺愛している。だから、ジルが泣くと必ず私が悪いと糾弾されるのだ。

私が聖女として認められ、ジルが不合格だったときは教会に怒鳴り込みに行った。私もネチネチと嫌味を言われて、嬉《うれ》しいはずの聖女となった日が面倒だった日と記憶されている。

というわけで、エカチェリーナとは妹のジル以上に確執がある。

フィリップ様との破談で一番嫌なのは、この家から出ていけないことかもしれない。家族二人から嫌われている環境というのは、この上なく居心地が悪いから。

「お母様、お姉様を許してあげてくださいまし。フィリップ様から婚約を破棄されてストレスが溜まっているのです」

私が義母から叱責されていると、今度は勝ち誇ったような表情になったジルは、私を庇《かば》うような仕草をする。

フィリップ様と別れる原因となったのは自分にもかかわらず、こういう言い回しをするところからもジルのあざとさが滲《にじ》み出て、私は苛立《いらだ》ちを感じてしまう。

（ジルの性格はよくわかっているわ。本気で自分は婚約破棄と無関係だと思っているのね）

しかし苛立ちもするが、同時に諦めもしている。彼女の思い込みの強さは十二分に知っているから。

「あなたみたいな人の心がない冷血な娘はフィリップ様に愛想を尽かされて当然です。あの方も最初からジルを選んでいれば嫌な思いをされずに済んだのに」

「最初からジルを選んでいれば？　では、フィリップ様はジルに……」

「ええ、もちろんです。フィリップ様は優しいジルをこれから守っていきたいと、求婚してくださいましたのよ。性格の悪いあなたとはできれば関わりたくないと仰っていましたが」

エカチェリーナは私にジルがフィリップ様と婚約したと話す。彼がジルに好意を寄せていたのはわかっていた。

この子のために涙を流してエリック殿下に訴えたのだ。好きでもないのにそんなことをする物好きはいない。

しかし、婚約破棄をしてその日のうちに元婚約者の妹に求婚するとは、如何《いか》にも節操がない話だ。

(私を薄情だと言っていたフィリップ様自身も相当なものだと思うわ。いくらなんでも早すぎるもの)

色々と込み上げてくるものがあるが、それを口にする前に義母の小言が始まる。

「レイア、反省なさい。聖女になる素養があろうと、人間性が最悪だと決して幸せにはなれません。あなたのように人の心がない娘はロクでもない男としか結婚はできませんよ」

うんざりするほど、言いたい放題ではないか。

でも、ここで反論すると何倍もの言葉で罵られるのが目に見えていた。ストレスが溜まるだけ損をする。

だから、聞き流すのが正解。理解してもらうのはとうの昔に諦めた。

更には、このあと父からも小言をいただかなくてはならない。

ここまで来たら、もはや父の説教など何も感じない自信がある。もっとも、こんな自信なんてあってもなんの得にもならない。何より虚《むな》しいだけだ。

「まったく、お前たちは玄関先で何を言い争っておる……」

心の中で噂をしていたら書斎から父が出てきた。いつものように、呆れたような表情と情けないような表情を同居させている。

そこから読み取れるのは、私を悪者にしてでも、早く話を終えたいという父の心情だった。

「お父様ぁ、ごめんなさい。お姉様と少し。ぐすん……」

「あなた、レイアがまたジルに酷いことをしたんですよ。あなたからも言ってくださいな！」

「やれやれ、またか。レイア」

数え切れないほどこの流れに付き合わされている父は、腫れ物を見るような目で私を見る。

父にとってはどちらでも良い話なんだろう。私が本当に性悪でも、ジルが大げさに吹聴していても。

はっきり言って私たちの関係が拗《こじ》れたのは父の無関心が一番の原因だと思う。

父が少しでも義母か妹を咎《とが》めていれば、私の話を聞いていれば、ここまで状況は酷くならなかったはずだ。

だけど父は何も言わないし、聞かない。事なかれ主義だから、面倒ごとには極力関わらないようにしているのだ。

伯爵として領地の管理などといった業務はきちんと行っているから、世捨て人というような感じではないのが唯一の救いである。

「ああ、レイアさえ家にいなければ、我が家は平和でしたのに」

「お母様、それだとお姉様がお可哀想ですわ。でもぉ、わたくしが一人娘ならもっと笑って……。いけませんわ。そんな酷い話を望んだりしては」

「ジルは優しい子ですね」

ジルは思いきり心の声を口に出していた。せめて隠す努力くらいして欲しい。

二人は私さえいなければ幸せになれると本気で思っている。

だったら早々に邪魔な私をフィリップ様のところに嫁がせれば良かったのに。そう思わずにはいられない。

私が家を出れば幸せになれたのに、何で邪魔をしたのか理解に苦しむ。

「とにかく、レイア。お前はこの後ワシの部屋に――」

「だ、旦那様！　旦那様！　大変です！」

説教をするために私を書斎に呼ぼうとした父の声を遮るように、使用人のボブが大声で父に呼びかける。

その慌てようは普通ではない。何が大変なのだろうかと、その場にいた皆でそちらへ目を向ける。

「騒々しいな。一体、どうしたというのだ？」

「お、王太子殿下が！　エリック王太子殿下が！　こちらにいらっしゃいました!!」

「「――っ!?」」

「エリック殿下ですか？　わたくしの憧れの人ですわぁ。幼い頃から何度も、いつかエリック殿下と王宮に住みたいと願ったものです」

騒然となる我が家。

涙目だったジルは急いで髪の毛を整えている。どうやらエリック殿下を慕っているらしい。

フィリップ様と婚約したばかりだというのに目を輝かせてそんなことが言えるなんて、この切替えの早さは見習うべきかもしれない。

しかし、殿下が我が家に来た理由がまったくわからない。森での私の言葉が気に障り、文句でも言いに来たのだろうか。

なんにせよ面倒ごとにはかわりない。早く休みたいと思っていたのに、まだまだそれは先になりそうで、私は今日何度目かわからないため息をついたのだった。


「こ、これは、これは。エリック殿下が自ら我が家を訪問されるとは。先に仰っていただけたら、盛大におもてなしできたのですが」

「気を遣わなくてもよい。突然来た僕が悪いのだから。ウェストリア伯、ここに来たのは他でもない。大事な頼みごとを聞いて欲しくてな」

(殿下が父に頼みごと？　何なんだろう。うーん、まったく思いつかないわ)

思いもよらない殿下の話の切り出しに私は首をひねる。

父にできることって何だろう。領地を使って何か公務を執り行いたいとかだろうか。

「殿下が私に頼みごとを？　もちろん、何なりとお申し付けくださいませ。殿下の頼みでしたら、私も全力を尽くしますゆえ」

父は頼みごとについてピンと来ていなくても、そう答える。

全力を尽くすとまで言うのは当然だろう。この方は次期国王陛下なのだから。

父としても恩を売れるのなら売りたいに決まっている。

「殊勝な態度、誠に感謝する。それでは頼みごとを伝えよう。ご息女の聖女レイア・ウェストリアをしばらく僕の護衛として王宮に借り受けたい。それゆえ、王宮に住まわせたいと思っているのだが」

「「――っ!?」」

（な、何を言っているの？　まさか宮仕えをしろと言い出すなんて……）

誰も想像していなかった殿下の発言により、我が家は騒然となる。もちろん、当人である私もまったく想定していなかった。驚きすぎて口が閉じられないくらいだ。

頭が混乱する中、私は恐ろしく冷たいジルの視線を感じる。

ワナワナと握りしめた拳を震わせている彼女はこれ以上ないほど悔しそうな表情をしていた。

その顔が何を意味しているのかはわからない。自分を差し置いて、私が宮仕えして欲しいと言われたのが不満だとでも言いたいのだろうか。

「そうですなぁ。レイアをエリック殿下の護衛に、ですか。現実問題として難しいかと存じます。

この娘は定期的に結界の修繕を行っていますし」

父はエリック殿下からの打診を受けて、極めて常識的な返答をする。

そうだ。私は王室からの依頼で動いている。

エリック殿下ももちろん王室の人間だが、彼一人の都合のためにスケジュールを変えるなどできない。

それにしても、妹を虐めていると疑っている私を護衛にしたいとは、殿下も物好きだ。どうして側《そば》に置きたいと思うのか、理由がわからなかった。

「ウェストリア伯の懸念はもっともだ。だが、これは僕の我儘《わがまま》でなく陛下からの勅命だ。既に教会にも聖女への依頼として通しているから安心してもらっていい。これが依頼書だ」

「拝見させていただきます。ふむ、確かに陛下からの直接の依頼となっておりますな」

国王陛下からの勅命で教会に依頼とは、それだけ重要な任務なのだろうか。

確かに、王太子であるエリック殿下を守ることは、国の繁栄のために動く聖女のお務めに含まれていても不思議ではない。

だが、それはあくまで聖女の仕事を国の繁栄という大枠で見た場合だ。実際には、聖女に一個人の護衛という依頼が舞い込むなど異例中の異例のはず。

「あの、殿下。勅命だと理解はできましたが、私には他にも為《な》さねばならない務めが」

「君が忙しいのは知っている。その点も安心してくれ。僕が君の側にいられるように優先的に動くから」

「優先的に動く？」

「つまり、今日みたいに君のお務めに僕も付き合うということだ。離れずに、ずっと側にいるために」

エリック殿下は何を言っているのだろうか。

今のやり取りを整理すると、私が他にも聖女としてのお務めがあると言及すると、エリック殿下は当たり前のような顔をして同行すると言ったのだ。

（意味がわからないわ。私の側からずっと離れないようにするために、そこまでするなんて信じられない）

ただ側に置きたいわけでもなく、護衛として置きたいのだと言いつつも、その護衛の仕事にまでついて来ようとするのは、筋が通らないのではないだろうか。

ますます理解の及ばない方向に話が進んで、私の頭の中は混乱してきた。

「つ、付き合うですと？　殿下がレイアの仕事に……、ですか？」

「うむ。僕はレイアがこの国の聖女として相応《ふさわ》しいかを見極めたい。だから、この機会に彼女の仕事ぶりを観察しようと思ってる。陛下にもその許可を取った上で勅命を出してもらったのだ」

やっと少し納得できた。どうやら、今日していた観察とやらを周囲の許可を得たうえで、堂々と行おうという話らしい。

護衛される側がそんなことをするなど普通はあり得ないと思うが、正義感が人一倍強いというエリック殿下なら考えても不思議ではないだろう。

接した時間は短かったが、彼からはそうした得体の知れない空気を感じていた。

（ずっと側にいるなど、恋人が言うような台詞《せりふ》をこんな形でかけられるとは思ってもみなかったわ。どうやら私はヒロインのようなシチュエーションに縁がないみたい）

つくづく自分はジルと対照的だと思う。特にロマンチックな話を望んではいないが、こうした特異な状況はできれば勘弁して欲しい。

「国王陛下に許可を得ているのでしたら是非もありませんな。なるほど、承知致しました。それなら、レイアを王宮に預けましょう」

「お、お父様!!」

「――っ!?」

大きな声がした。その声の主からは今まで聞いたことのないような大きな声。

妹のジルがエリック殿下の申し出に納得した父の言葉を遮り、待ったをかけたのだ。

「ジル、一体どうしたというのだ？　というより珍しいな、お前が大きな声を出すなど。殿下の御前なのだから、慎みなさい」

父は珍しく大声を出したジルを不思議そうな顔をして咎める。

不機嫌そうな顔をしていたジルは、ハッとした顔を見せた後に穏やかな表情に戻った。

この子の変わり身の早さは昔からだけど、さっきから一体何を不満がっているのだろうか。

「お、お父様、レイアお姉様が王宮へ行かれると、わたくしは寂しいですわ」

予想外の発言に、そんなはずがないと口に出してしまいそうになる。

まさか、寂しいなんて言葉が出てくるとは思ってもみなかったのだ。

まったくもって目的がわからない。

「んっ？　ジルよ、さっきお前はレイアがいない方が良いと言ってなかったか？」

「ええっ!?　そんなこと、わたくし言っておりません！　お姉様はお優しいですし、いつも、いつまでも側にいて欲しいと思っていますの」

（耳を疑うわ。この子は本気でそんなことを思っているはずがない）

毎日のように私から意地悪をされていると訴えていた妹が、事もあろうに私に側にいて欲しいと言うなんて、明らかに矛盾しているではないか。

しかし、いつもの彼女を知らず、今このときだけを見た人には本当に私を愛して止《や》まない、可愛《かわい》い妹に見えてしまうだろうから非常に厄介だ。

「君がジル・ウェストリアか。僕はフィリップ・ジルベルトの友人でもある。彼から聞いた話ではレイアが、君を虐めているという話になっていた。そしてフィリップは君からその話を聞いたと言っていたが、それは本当かい？」

そうだ。エリック殿下はジルの主張をフィリップ様を通して知っている。彼が彼女の言動から見える矛盾点を指摘するのは当然だろう。

「わ、わたくしがフィリップ様にお姉様の悪口を？　そ、そんなの、わたくしは申し上げておりません。フィリップ様には、お姉様は凄いのにわたくしはダメな落ちこぼれで……、と落ち込んでいたときに相談に乗っていただいただけでして」

涙目になりながら、ジルはフィリップ様に告げ口した事実を否定した。

彼女の特技は可愛らしい表情を見せて、相手に自分の立場を信じこませるだけではない。涙を見せて、追及を逃れつつ、自らの主張を通すこともたいそう得意なのだ。

事実はどうあれ、彼女のこの顔は本当に勘違いであったと納得させるだけの力がある。

エリック殿下も、これ以上の追及はしないだろう。

「では、君の話のとおりならば、フィリップが君の話を聞いて勝手にありもしない虐めを妄想した痛い奴か、君が誤解を生むような言い回しをしたか、どちらかになるが？」

私の予想を裏切り、エリック殿下は表情一つ変えずに淡々と追及を続ける。

それだけ辻褄《つじつま》の合わない話をジルがしているのだが、それでもこのように追及が止まないのは珍しい。

「そ、そんなぁ。エリック様、酷いですぅ〜〜。ぐすん……」

涙をボロボロこぼしながら、エリック殿下の追及には一切答えようとしない彼女。

ジルは矛盾を突かれると泣いて誤魔化す。それにより、私は何度も悪役にされてきた。そしてその度にエカチェリーナに叱責されているのだ。

ただ、もっと厄介なことに父や他の男性は、それ以上追及することをやめて彼女に謝るという一連の流れだ。面倒だからなのかすぐに謝って、自ら進んで悪者になる。それがジルの中で当たり前になって、より彼女を増長させていた。

「殿下、フィリップ殿がジルとレイアについて何をどう訴えていたのかわかりませぬが、ジルも泣いておりますし……この辺にしておいてもらえませんか？」

思ったとおり、面倒くさがりな父はエリック殿下に追及をやめるようにお願いした。

ジルはまだぐずって泣いている。大粒の涙をよくもまあ、きれいに落とすものだと感心するくらいだ。

エリック殿下はどうするのだろうか。そう、様子を窺《うかが》っていると——。

「ジル、そんな涙如《ごと》きで僕を誤魔化そうというのか。笑わせないでくれ。そんなもので事実は捻《ね》じ曲がらないよ。もし、それが可能なら僕はどんなに生きやすかったか。泣いている女に背中から刺されかけた経験をしている立場からすると、はっきり言ってこの状況は不愉快だ」

冷静に淡々とした諭すような口調で、エリック殿下はジルに泣いても無駄だということを伝える。

その声は静かだったが確かな怒気を孕《はら》んでいた。

暗殺者に狙われすぎて、エリック殿下には女性の涙は通じなくなっていたみたいだ。

泣いている女性に後ろから刺されそうになるってどんな状況だろうか。上手《うま》く想像できないけど修羅場であることには間違いないだろう。

「ぐすっ、ぐすっ……、ふぇぇぇん……、エリック様、あんまりですわぁ～～」

殿下の厳しい言葉に更に泣き喚《わめ》くジル。この状況を何と言えば良いのか、私は呆然《ぼうぜん》とその様子を見ていることしかできなかった。

エリック殿下がジルに嫌悪感を抱いてるのは確か。そして、父が今までに見たことないほど困った顔をしている。

「一つはっきりしたのは、聖女レイアが妹であるジルを虐めていたなどという事実は、一切ないということだ。ジル本人から言質を取ったのだから間違いはない。それなら聖女としての人格には問題はなさそうだ。こんなに早くはっきりするとはありがたい。おかげで安心して王宮へ連れて行ける」

「お待ちください、エリック殿下。レイアはジルを虐めています。優しすぎるジルはそれに気付かずに追い詰められているだけなのです。ですから、殿下が王宮になど連れて行けばきっと迷惑がかかります。間違いありません！」

虐めているという事実がなかったとしたエリック殿下に対して、義母のエカチェリーナが被《かぶ》せるように否定する。

そんなに私が王宮に行くことを止めたいのだろうか。

「気付かずに、だと？　故意でなくとも、虐められていると誤解するような発言をするような者が気付かないとはあり得ないと思うが？　だが、虐めていたかどうかについては一旦保留にするとしよう。それは僕の目で見極めたいとも思っているからな」

「ほっ、それがよろしいかと存じます」

「そして、虐めている可能性がある以上、尚《なお》のこと二人の姉妹は離れて暮らした方が良いな。そうだろ？　ウェストリア伯よ」

「ふむ。それもそうですな。殿下がよろしいのであれば」

「「――っ!?」」

アテが外れたというようにエカチェリーナとジルはただただ驚いた顔をしていた。

「話は決まったな。レイア、今日から君は僕の護衛になってもらう。異論は認めない。それに、君はこの家から出た方が良さそうだ」

「エリック様？」

「お待ちください！　レイアは宮殿に相応しくありません！」

「どこに行かれますの？　駄目ですわ！　お姉様を連れて行かないでくださいまし！　エリック様ぁぁぁ！」

エリック殿下が私の手を摑《つか》み部屋から出ようとすると、ジルは泣くのも忘れて立ち上がり抗議した。それは叫びにも感じられる。

しかし、そんな彼女を一瞥《いちべつ》もせずに殿下は私の手を引いて、馬車に乗せた。

私もあまりの急展開についていけず、呆然としていたらいつのまにか王宮にいた。本当にこの道中の記憶がなかった。

こうして私の新しい生活が始まったのだ。

◆

「そこに座ってくれ。紅茶に砂糖は入れるか？」

「失礼します。紅茶に砂糖ですか？　いえ、入れませんが」

なにも食事を取っていなかった私は、王宮に着いて軽食をいただいた後で王太子殿下の執務室に案内された。

そのままソファに座るように促される。展開が速すぎて頭の中が整理できない。

気付いたら婚約破棄されたことが、もう自分の中でどうでもいい過去になってしまってる。

ちなみに、紅茶に砂糖を入れないのは甘いものを見るとジルが頭に浮かんでくるから。

あの子が悲劇のヒロインを演じるようになってから、特に甘いものを避けている気がする。

「僕も砂糖は入れない。ミルクは入れるときもある。砂糖を適量入れると風味が豊かになると護衛隊長のヨハンは言うのだが、甘ったるいものがどうにも苦手なのだ」

そう言いながら彼は、自分のデスクの前に座ると使用人が持って来た紅茶の毒味をさせて、自らも口をつける。なるほど、常に暗殺を警戒しているようだ。それにカップやポットなど全て銀製で統一されていた。

（毒物は銀に反応して変色するって聞いたことがある。毒味させている上にこんなに警戒しているとは、それだけ危険な立場なのね）

紅茶をひとくち飲むのも難儀そうだと、私は少しだけ殿下に同情した。

そうしてエリック殿下が紅茶に口をつけたのを見て、私も飲む。流石《さすが》は宮廷で出される紅茶だ。とても良い香りがする。

「……美味《おい》しいです」

「それは、何よりだ。焼菓子も適当に口に入れるといい。僕はこれから書類を作成するから。……そうだな、暇だったら適当に本棚の本を読んでも構わない。上段から僕が個人的に好みだったものを順番に並べている」

想像していた以上に美味しかったので、思わず声が出てしまった。

エリック殿下はそれを聞いて微笑むと、私に茶菓子と本を勧めて、黙々と書類作成の仕事を始める。

この焼菓子は王都で最近オープンした店のものだ。ジルが自分の分だけ買ったと、私に見せながら食べていたのを覚えている。

こんなことでも妹に関係する嫌な記憶を思い出すとは、彼女のことがトラウマになっているのかもしれない。成り行きでも、家を出たんだから忘れるようにしなければ。

(それにしても、もう夜なのにまだ仕事だなんて、王太子というのも忙しいのね。ふんぞり返っているだけだと思っていたわ)

尚更、私の仕事ぶりをご覧になるのは時間の無駄なのではと思うけれど。そうまでして、私に護衛されたいものなのだろうか。

「…………」

私はいつまでお茶とお菓子をご馳走《ちそう》になっていればいいんだろう。

何かしら護衛についての説明があると思っていたが、書類整理が終わってからなのか一向にその気配がない。

まぁ、殿下には殿下の事情があるんだろうし、大人しく待つことにしよう。

待つくらいわけない。焼菓子もあるし、暇つぶし用の本もあるし、いくらでも待てる。

「…………」

(――長い！　長すぎる。こんなに時間がかかるとは聞いていない)

エリック殿下、いつまで待たせるつもりなのだろうか。もう一時間くらい経《た》っている。

(あら？　窓の外に誰かいるみたい)

魔物から身を守るために私は常に魔力を半径十メートルくらいの円状に流しているが、それに触れると見なくてもどこに人がいるのかわかってしまう。

暗殺者が毎日のように殿下の命を狙っているというのは本当らしい。私も結構不幸だと思っていたが、さすがにエリック殿下には負けていると言わざるを得ない。

（まだ、護衛について何も聞いてないけれど……）

手にしたクッキーを皿に戻して私は人差し指で光の円を描いた。

「聖なる風よ穿《うが》て！」

「ああーーーーっ!!」

ガシャンとした音と共に窓を突き破って中に入ってきた侵入者は、光の円から放たれた突風で吹き飛ばされる。

こんな人がうろついているなんて、王宮の中もかなり物騒みたいだ。

「ふむ、今日は一人だったか」

エリック殿下の反応が薄い。命を狙われたのだから、もっと驚いたり怖がったりというような反応がありそうなものなのに……。

暗殺者が窓を突き破ってきたにもかかわらず、エリック殿下は平然として、書類作成を続けている。

これは、もう日常生活の一部になっているに違いない。何だか、見ていて悲しくなってきた。

そして、紅茶を出されてから二時間ほどして、殿下は立ち上がり私の顔を覗《のぞ》き込んできた。ようやく護衛について話が聞けそうだ。

取り敢《あ》えず、護衛が必要な時間帯くらいは聞いておきたい。

「よし。初仕事、終了だ。その本は面白いだろう？」

「ええ。とても面白かったです。……えっ？　初仕事？」

「では、明日から毎日こんな感じで一緒にいてくれ。今日は陛下に談判したり、君の家に訪問したりして遅くなってしまったが、基本的には夕方に一時間から二時間くらい護衛をしてもらう」

エリック殿下お勧めの書籍に目を通していた私に、彼は「初仕事、終了だ」と信じがたいことを言った。

私はクッキーと紅茶をいただいて、本を読んでいただけ。美味しかったし、面白かったが、ただそれだけの二時間だった。

（賊の気配を感じて魔法で迎撃したと言われればそのとおり。だけど、それだけだ）

とにかく護衛をした感覚がない。それなのに殿下は話を終わらせようとしている。

「殿下、待ってください。護衛って丸一日の仕事かと思っていました」

「そんなはずないだろう。僕には専門の護衛がいる。それに君は、聖女だ。いくら僕でも、そのような重労働は強いたりはしない」

正直言って驚いた。ほとんど口を利いていないから静かすぎるが、これではただの殿下のお茶友達ではないか。

私にこんなことをさせて何が目的なのだろうか。大体、専門の護衛がいるのなら私など要らないはずだ。

家にいるよりは多少いい程度だと思っていたが、こんなに楽な仕事だったとは、逆に怖い。

「それならば、なぜですか？　なぜ、わざわざ私を護衛に？　どう考えてもこの仕事は要らないですよね？」

私にはエリック殿下の考えが読めなかった。

聖女としての務めを観察することを含めて、どうしてこんなにも私に構うのか理解できない。

ジルを虐めていると糾弾しに来たにもかかわらず、私が完全に否定したものだから意固地になっているのだろうか。何としてでも私の性悪な本性を見つけ出して、尻尾を摑んでやろう、みたいに。

だけど、そんなことをしたところで何の得にもならない。それに見たところ、エリック殿下は王太子としての仕事をたくさん抱えていて、お忙しい様子。

「最初はね、憤慨していたのだ。友人の婚約者が聖女になるほど才能豊かで、人格者でもあると思っていて祝福していたのに、それが裏切られたのだから」

フィリップ様との婚約破棄について彼は怒っていたと、心情を吐露する。

憤慨していたのは知っている。私自身が精神的に弱っているときに絡まれたから、私も思わず失礼な物言いをしてしまったけれど。

でも、冷静になって考えてみると私のことを友人を裏切った女だと思い込んでいたのだから、あんな態度になるのは当然かもしれない。エリック殿下は常にこんな状況に身を置いているのだから。

「その後、君が聖女としての責務を果たす姿を見せてもらった。僕が見ていることを意識していないとまでは言わないが、高い能力を特にひけらかすわけでもなく、淡々と結界を張っている君とフィリップから聞いていた君の人間像に齟齬《そご》が生まれていることに気が付いた」

「…………」

「早とちりしてしまったかもしれない。そう思ったら、僕は義憤に駆られて君を叱責したという事実が恥ずかしくなってきたのだ。よく知りもしないのに決めつけてしまっていたかもしれないと」

「えっ？」

まっすぐに、綺麗《きれい》な瞳をこちらに向けるエリック殿下。

あのときのことを謝りたいというのだろうか。確かに、よく確かめもせずにいきなり糾弾したんだから、はっきり言ってエリック殿下に非があると私は思っている。

だけど暗殺者に日常的に狙われているのならば、そのように疑心暗鬼になっても仕方ないと理解はできる。だから、きちんと謝ってくれれば許すつもりだ。

「昼間のことは悪かった。もっと事実確認をするべきだったと反省している。王太子として以前に、一人の人間としてあまりにも浅慮な行動だったと感じている」

「殿下、頭をお上げください。私は気にしてなどいません」

「だから、一から君のことを観察させてくれ。そして、判断させてくれ。きっちりと君のことを見て、僕は君が聖女として本当に相応しいのか、フィリップが言ったことは真実なのか見極めることにする。護衛が足りないのは事実だが、僕の目的の半分はそれだ」

「へっ……?」

(あ、あれ?　謝って終わりじゃないの?)

まさか、まだ疑っているのだろうか。それとも、ただ、公平な目線でフィリップ様の言い分と、私の言い分のどちらが正しいのか見極めたいってことだろうか。

何というか、融通が利かない人みたいだ。自分の間違いを素直に認めつつも、譲らないところは譲らない。

「私のこと、まだ信じていただけていないのですか?」

「悪いな。もちろん、信じたいとは思っているぞ。だが、短期間では何もかも信じることなどできないのだ。そういう性分なんでな」

言っていることは理解しかねるが、顔は至って真剣だからこの方は本気なのだと思うしかない。

あまりにも真剣な表情をする彼から、思わず目を逸《そ》らしてしまった。

(まっすぐすぎて見ていられないわ)

「しばらくの間、君のことを見させてもらう。護衛として、聖女として」

そう言い残して、エリック殿下は使用人に私を部屋に案内するように声をかけ執務室から出た。

これで今日の仕事は終わりみたいだ。

困ったことになったと思う。私はこれからあの曇りのない瞳で、エリック殿下のお眼鏡に適《かな》うか査定されるのだから。

「レイア様、エリック殿下より客室に案内せよと仰せつかっています。どうぞこちらへ」

何にせよ。やっと休める。

そして、使用人に案内された私は客室へと入った。

部屋に入った私はまず部屋の広さに驚く。さすがは王宮の客室だ。私の部屋の倍以上はある。

王宮にある客人用の部屋に案内された私は、人を堕落させるに十分な寝心地のベッドに横へなった。

エカチェリーナやジルもいない空間はいつもよりもずっと静かだった。

『……一から君のことを観察させてくれ』

本当に馬鹿正直な人なのかもしれない。素直に自分の間違いを認めつつ、あんなことを真剣に言い放つなど思わなかった。

あのとき、実はちょっと笑いそうになっていた。思えば、こんなに他人が気になったのは初めてかもしれない。

目を閉じても、まぶたの裏にそのときのエリック殿下の顔が浮かび、私は中々寝付けなかった。

しかし、そんな感覚は十分程度で終わる。

なんと気付いたら朝だったのだ。予想外の連続で自分が思っている以上に疲れていたのだろう。

今日から本格的に王宮での生活が始まる。私は使用人に手伝ってもらって朝の支度を始めた。

朝食を取った私は聖女としてのお務めに向かおうと準備を済ませて、エリック殿下の執務室へと向かう。

「聖女の務めに行くのだろ？　馬車は王室のモノを使うが良い。僕も同乗させてもらう」

こうして、エリック殿下の話し相手という名の奇妙な護衛として、私は王宮で生活することになった。

予想外の流れに戸惑っているが、私は私の責務を頑張ろうと思う。

こう見えても、私は負けず嫌いだ。だからエリック殿下が見極めたいと願っているならば、絶対に認めさせせようと心に誓った。

私は、今までに一度だって自分に恥ずかしい行動はしていない。エリック殿下にそれを今から証明してみせる。

◇（エリック視点）

僕には友人が少ない。敵が多いのだから当然のことかもしれないが、わざわざ巻き添えになりたい奇特な人などいないだろう。

フィリップ・ジルベルトは、そんな僕の数少ない友人だ。

フィリップの父親であるジルベルト公爵が父上の古くからの友人で、その繋《つな》がりで彼と幼馴染《おさななじみ》になった。言ってしまえば、それほど幼少期に遡らないと友人と言えるくらい信じられる人がいないのである。

僕は毎日のように暗殺者に狙われているし、周りの連中は敵だらけ。簡単に人を信じることなどできない。

だから、フィリップのような古くからの友人は貴重だった。


「エリック殿下！　聞いてください！　聖女レイアは性悪女です！」

ある日、そのフィリップが声を荒げて聖女レイアは性格が悪いと告げに来た。

珍しいこともあるものだ。この男がこんなにはっきりと人の悪口を言うとは。

少なくとも僕にはこういった告げ口のような真似《まね》をしたことはなかったから、余程のことだと思った。

なんせレイア・ウェストリアはフィリップの婚約者。しかも聖女である。

国にたったの三人しかいない聖女になるには、教会から人格能力共に問題なしと判断されなければならない。

そんな聖女をこれほど苛烈に糾弾するとは、そのレイアとやらは一体何をしたのだろうか。とりあえず、この男から事情を聞くとしよう。

「いきなりどうしたというのだ？　まったくもって話が見えない。そのレイアが何をしたのか具体的に話せ」

憤りながら喚くフィリップを宥《なだ》めながら、僕は彼に具体的な話をするように促す。

暗殺者がどこから狙ってくるのかわからないので、基本的にパーティーなどには出席しない僕はそのレイアと面識はほとんどない。

とはいえ、聖女の任命式には出席したから顔は知っている。金髪で碧眼《へきがん》、何やら気の強そうな印象を受けた。

「こ、これは失礼致しました。殿下！　レイアの妹がどのような人なのかご存じですか!?」

「聖女レイアの妹？　すぐには思い出せないが、顔くらいは知っていると思うぞ。流石に話したことはないが」

（ふむ。レイアの妹か。式典にいたような、いなかったような）

役人たちの名前なら末端まで全て頭に入っているのだが、貴族の令嬢たちの名前は覚えていない。僕が頻繁にパーティーなどに出席していたら、もっと覚えたのかもしれないが。

「レイアにはジルという妹がいるのですが、いや、これが非常に美しく可憐《かれん》な女性でして」

フィリップは僕が知らないと察して話を進めた。

（そうか、ジル。ジル・ウェストリアか。それがレイアの妹の名だというのだな）

そのジルは、フィリップ曰《いわ》く花のように美しい女性らしい。

「ジルは聖女になることをずっと夢見ていたんですよ！　厳しい試験を潜《くぐ》り抜け、最終選考にも残ったのです！　しかしながら、最終的には、レイアが聖女になってしまった！」

「仕方あるまい。聖女の椅子は一つしか空いてなかったのだからな」

「もちろん、ジルもそう言っておりました！　自分よりも優秀な姉の方が聖女に相応しいと！」

「それを理解しているのなら、何も問題ないと思うが？」

エージェ教の教典に基づいて聖女の人数は三と定められている。これだけは揺るがすことができない。

数少ない存在。だからこそ聖女という肩書は憧れの対象だと聞くし、なりたいと思う者も多いと聞く。

ジルが夢破れてもレイアの能力を認めているならば、気の毒とは思えど問題なさそうな話に聞こえるが……。

「殿下、大切な話はここからです。ここからなんです。よろしいですか？」

「いつになく顔を近付けて話をするな。僕は逃げも隠れもしない。聞いてやるから最後まで話せ」

「し、失礼しました。つい、熱くなってしまい……。レイアはジルが聖女になりたかったことを知っておりながら、ことあるごとに自分が聖女であることを見せつけるようになったというのです。例えば――」

フィリップから語られたのは、ジルが姉から精神的に追い詰められるほどの虐めを受けているという話だった。

どうやら、ジルは聖女になれなかった悲しみをどうにか乗り越えようとしているにもかかわらず、レイアは彼女が選ばれなかったことを嘲笑《あざわら》い、その結果心を破壊していったとのことらしい。

「涙ながらにレイアからの虐めを告白するジルを見ていられませんでした。う、ううっ……、殿下、おわかりですか！　健気《けなげ》なジルの不憫《ふびん》さを！　うううう、ううっ……」

（フィリップよ、お前が泣いてどうする）

話しながら感極まって泣いてしまったフィリップを見て、僕はいたたまれない気持ちになった。

この男が泣いた顔を見たのは初めてだったから、正直言って驚いている。

しかしながら、教会は何をしているのだろうか。聖女に相応しいかどうかの判断は能力面だけでなく、人格的面も十分に考慮するようになっているはずだ。

少なくとも妹の気持ちを知っておきながら、しつこく嘲笑うような女が人格的に相応しいと僕は思わない。

今までにない友人の泣き顔を見て、僕の心は怒りに燃えていた。

（腐敗していたのは役人だけでなく、教会もだったというのか……）

また仕事が増えるのは致し方あるまい。敵が増えるのには慣れている。

僕は自分の中の正義に嘘《うそ》はつけないし、つきたくなかった。そのレイア・ウェストリアに会ってみる必要がありそうだ。

「とにかくレイアとは婚約破棄します！　以前、ご挨拶に赴くと伝えておりましたので、報告致しました！」

「婚約破棄？　ああ、好きにするといい。……フィリップ、お前のことを疑うつもりはない。そのうえで尋ねるが、今の話には嘘偽りがないと誓えるか？　不当にレイアの悪行について虚偽を述べているということはないんだな？」

「無論です。エリック殿下が嘘がお嫌いなのは幼少の頃から承知しております。今まで一度も殿下には虚言を述べたことはございません」

「そうだったな。これは一応、念のためだ。では僕は君との友情を信じるとしよう」

　こうして、僕はフィリップの話を聞いて、妹を虐めているという聖女レイアと会うことにした。

　幸い、聖女の務めに関しては王室が教会を介して依頼を出すという方式を取っている。三人の聖女は各々務めに赴いているが、その中でレイアがどこで何をしているのかは少し調べればわかるのだ。


　なるほど、明日は森に結界を張りに行っているのか。早速、会いに行くとしよう。


「君が聖女レイアかい？」

「――――っ!?」

慣れた様子で魔法陣を展開していた彼女に、僕は声をかけた。

僕が側に近付いたことには気付いていたみたいだから、顔を見て驚いたのは僕が誰なのか知っているからか。

「君が妹を虐めているという不届きな聖女なのかい？……どうした？　なぜ黙っている？」

黙ってこちらを見ているだけのレイアに、僕はもう一度声をかけた。

なぜ、僕がここに来たのか彼女はわからないだろう。王太子という立場のこの僕が、聖女のもとへ来る理由など普通はないから。

「エリック殿下、お初にお目にかかります。レイア・ウェストリアでございます。先ほど仰られたような、私が妹を虐めているという事実は一切ございません」

レイアは結界を張りながら僕に挨拶をした。

ほう、これは凄いな。こうやって不意に声をかけられようと、自らの務めを全うすることを優先している。やはり優秀なのは間違いないようだ。そして、妹を虐めているという話は完全に否定したか。

「ふむ。友人のフィリップから君がジルという妹を随分と虐めて、精神的に追い込んだと聞いているが」

「フィリップ様にも同様に問いただされましたが、事実無根としか言えません。ジルの被害妄想としか」

「だが、虐める側というのは認識してないことも多いだろうし、君がそう思っているだけで、実際は違うかもしれない」

既にフィリップと会話したあとか。婚約破棄をすると言っていたが、その足で伝えに行ったのだろうか。

だとすれば、この話に触れようとも、一切言葉に揺らぎがないのは称賛に値するな。この女性《ひと》は精神的に強い。

「何と言われようと、私はジルを貶めるようなことを口にした事実はありません。エリック殿下は正義感が強く、公明正大な方だと聞き及んでおりましたが、何も知らない上に一方の言い分を聞いただけで早計な判断をするとは。噂というのは案外アテになりませんね」

「――っ!?」

（……そうきたか。言ってくれるじゃないか）

しかし、彼女の言っていることは正論だった。

これは僕が反省しなくてはならないだろう。確かにフィリップが如何に幼い頃からの友人だとしても、レイアが虐めを行っていたという言葉は伝聞に他ならない。

僕がその現場を見たわけじゃないんだから、いきなり決めつけて話をしたのは迂闊という他ないだろう。

（まったく、僕は何をやっているんだ。腐敗を正すと言いながら、こうも容易《たやす》く判断を誤るなど恥

知らずもいいところだ）

レイアはまっすぐに僕の顔を見て、僕の話していることは虚偽だと答えた。その瞳は一切の有無を言わせないほどに力強い輝きを放っていて、僕は彼女の覇気に呑まれそうになる。

「なるほど。確かに何も知らないのは事実だ。しかし、フィリップの奴が泣いて君が妹を虐めていると主張していた。友人が泣いていたのだからと義憤に駆られたのだが……」

「…………」

「では、まずは君を知ることから始めさせてもらおう。君の言うとおりフィリップの言い分だけ信じるのはアンフェアだ。それについては申し訳なかったと反省しよう」

あまりにも不公正なことをしてしまった自分を僕は恥じている。

僕は友人の言葉を鵜呑《うの》みにしてレイアを不当に糾弾した。これは許されないことだ。

でも、だからこそ、僕には真実を見極める義務がある。

もしも、レイアの主張が正しいのなら、僕の友人は不当に婚約者を貶めて、婚約を破棄したことになるからだ。

聖女であるレイアが正しいのか、数少ない友人であるフィリップが正しいのか、僕は今度こそ公正に判断して見極めないとならない。

だから、僕はレイアを観察し続けることにした。二人のうちどちらに正当性があるのか、友人である僕は知っておく必要がある。

とはいえ、今すぐには彼女の人格の全てを知ることは無理だ。

レイアが結界を張り終えたのを見送りながら、僕は考える。彼女の全てを知るにはどうしたら良いのかと。

こんな短い時間では、とても公正な判断に足るとは言えない。どうしたものだろうか。何か上手い口実でレイアを側に置く方法はないものか。

彼女を侍女として王宮に迎えるのは無理だろうな。レイアはウェストリア伯爵家の長女だ。そんな役回りをさせることはできない。

では女官として置くか。それはそれで、僕といる時間を増やすという面ではあまり適切ではないだろう。

「殿下、何を考え込んでおるのですかな？　某《それがし》で良ければ相談に乗りますぞ」

聖女レイアと入れ替わりに護衛隊長のヨハンがこちらに走ってきた。彼は僕が彼女と話している間、ずっと周囲を警戒してくれていた。

「レイアを僕の手元に置きたい。彼女が聖女として相応しいか近くで観察する時間が欲しいんだ」

「ふむ。レイア様を近くにですか。それでは護衛などいかがでしょう？　先ほどの手並みを拝見しておりましたが見事でした。護衛の数はいくら増やしても、この状況なら文句は言われますまい。聖女であれば国に不利益なことも起こさないでしょうし、その点に関しては殿下も信頼できるのでは？」

なるほど、護衛か。僕も腕には自信があるが、彼女には敵《かな》わないかもしれない。

確かにヨハンの言うとおりちょうど護衛の数を増やそうと思案していた。いいアイデアかもしれない。

観察しつつ護衛不足も解決するというわけだし都合がいい。

聖女の務めには僕が同行すれば良い。どうせ、暗殺者に狙われるのだ。どこにいても危険なのは変わらない。

「レイア・ウェストリアを僕の護衛にする。陛下の許可をいただくから、ヨハン、君は教会に送る書状の準備をしてくれ」

「はっ！」

こうして、僕はレイアを自らの護衛とするための根回しを開始した。

そして、その日のうちにそれは完了して、僕はウェストリア家に向かった。レイアを王宮へ連れて帰るために。

◇（ジル視点）

「はぁ……、やはり、神様というのは意地悪ですわ」

この世の中は理不尽です。

わたくしは、品行方正に努めて真面目に毎日を生きていますのに、欲しかったものは全てお姉様が持っていかれます。

聖女になりたいと目指したときもそう。

お姉様はわたくしよりも先回りして、魔法学の先生たちから沢山の指導を受けて、不合格だったわたくしを嘲笑うかのようにあっさりと教会から聖女として認められたのでした。

先生たちから指導を受けたところを見せないようにしていたのも卑怯《ひきょう》ですわ。お母様から話を聞いていなかったら、気付きませんでしたもの。

そうやって涼しい顔してズルをするところに失望してしまっているのです。昔は格好いいお姉様だとお慕いしていましたのに。

それだけでは飽き足らず、今回は憧れていたエリック王太子殿下まで誑《たぶら》かすなど許されませんわ。

「はぁ……」

「ジル、どうしたんだ？　先ほどからため息ばかりではないか」

公爵家の嫡男であるフィリップ様。

とっても良い人で、わたくしの悩みを親身になって聞いてくれました。

何度か相談を聞いてくださった後に、どうしてなのかよくわかりませんがお姉様と婚約破棄されて、わたくしに求婚されました。

そのときは嬉しかったのですが、お姉様がエリック様と共に王宮に行かれてからというもの、全てが色褪《いろあ》せて見えるようになりました。

だってエリック様はフィリップ様と比べて格段にお顔が整っておられますし……。

ああ、エリック様。なぜ、わたくしにあんな言葉を浴びせましたの？　初めてご尊顔を拝見したときより、わたくし、エリック様に憧れの感情を抱いておりましたのに。酷いですわ。

……やっぱりお姉様はズルいです。ズルばかりしてエリック様にも近付いたに決まっていますの。もしも、わたくしが聖女になっていれば、エリック様のお近くにいられたかもしれませんわ。

でも、聖女に選ばれたのはお姉様で、エリック様の近くにいるのもお姉様。今さらこの現実を変えることはできません。そのことを思えば思うほど、悲しみに打ちひしがれてしまいます。なぜ、わたくしはこんなにも不幸のどん底に落とされねばならぬのでしょう。

それに、フィリップ様もどうして、エリック様をお姉様に近付けるような真似をされたのでしょう？　嫌がらせとしか思えませんわ。

「フィリップ様、どうしてエリック様に、レイアお姉様がわたくしを虐めているなどという出鱈目《でたらめ》を話したのですか？　そのせいでレイアお姉様は、エリック様と共に王宮に行ってしまわれたではないですか。……ぐす」

「いや、ジルがレイアに虐められているって俺に訴えたんじゃないか。聖女をしているが、性格が悪いと泣きながら話していただろう？　だから、俺は殿下にそれを教えたのだ。殿下は正義感が強い御方《おかた》だからな。放っておかないはずだと気を利かせてやったのに」

ええっ!? そ、そんなことを仰るとは思いもしませんでしたわ。

まるで、わたくしがレイアお姉様に虐められていると吹聴している嫌な女みたいな言い方ではありませんか。

フィリップ様は、わたくしが嫌な女だと言われるのですね。酷いですわ。

お姉様に比べて、わたくしが駄目で運もないという話を聞いて欲しかっただけですのに。それを歪曲《わいきょく》してエリック様に話すなど性格が悪すぎますわ。

だから、エリック様も変なお顔をされてわたくしをご覧になったのですわ。こうなったのも全部フィリップ様のせいです。

「それでは、フィリップ様はエリック様とレイアお姉様を引き合わせたのは、わたくしのせいだと仰るのですか？ それにわたくしのことを告げ口した悪い女みたいに仰せになるのですね。あんまりですぅ。ぐすっ、ぐすっ……、ふえぇぇーん！」

「はぁ!? な、泣いているのか!? な、なぜ!?」

フィリップ様さえ変なことをエリック様に吹き込まなければ、レイアお姉様が王宮でエリック様と暮らすなどということにならず、わたくしが今まで以上に劣等感に苛《さいな》まれることはなかったですのに……。

涙が止まりませんの。悲しくて、惨めで、フィリップ様に意地悪なことを言われて、自分の運のなさを嘆きたくて、もう何もかもが嫌ですの。

なんで、なんで、お姉様ばっかり得をして、わたくしばかりこんな目に遭わねばならないのですか？

「ぐすっ、ぐすっ……、そもそもぉ、フィリップ様がお姉様と婚約破棄などされなければよろしかったのですぅ。お姉様がお可哀相《かわいそう》だと思わなかったのですか？」

それにフィリップ様は薄情で、自分勝手すぎます。普通、簡単に婚約破棄なんてしませんわ。レイアお姉様が独りぼっちになるかもしれないと、まったく考えなかったのでしょうか。

「ちょ、ちょっと待て！　君は俺が求婚したとき、涙を流して喜んだじゃないか！」

「お、大きな声は怖いですのぉ！　だって喜ばないとフィリップ様に悪いじゃないですかぁ！　ぐすっ、ぐすん」

フィリップ様が声を急に荒げられたので、わたくしの心臓はビクッとなって鼓動が速くなります。こんなに怖い方だと思いませんでした。突然に叫び出して威圧されるとは信じられませんわ。もっとお優しい方だと思っていましたのに……。

フィリップ様が怖くてそちらを見ることができません。手の震えが先ほどから止まりませんの。

「そうですよね。わたくしみたいな聖女にもなれない無能で駄目な女よりも、レイアお姉様の方がエリック様にはお似合いに決まっています。ううっ、ですがそれを想像するだけで胸が苦しいですわぁ」

「おいおい、まさか。ジル、君は俺よりもエリック殿下の方が好きなのか!?」

また、フィリップ様はわたくしに意地悪を仰います。

そんなこと答えられるはずないじゃないですか。エリック様とフィリップ様のどちらが好きかなんて、比べるまでもないのですから。

ですが、わたくしがその質問の答えを口にするとフィリップ様が傷付きますし、場合によっては怒りだすかもしれません。

さっき怒鳴られましたし、もっと怒ったら叩《たた》かれるかもしれないですわ。

そうなったら、耐えられません。

ですから、わたくしは黙っているしかできないのです。

「…………」

「黙っているってことは、そうなんだな。確かにエリック殿下は顔も良いし、王太子様だからな。そうか……。公爵家の跡取りくらいじゃ、君には釣り合わないっていうことなんだな！」

「そ、そんなこと一言も申していないではありませんか……！　お姉様のことも勝手に誤解されてましたし。あんまりですわ！　ぐすん……」

なんてことを仰るのでしょう！　まだ何も申しておりませんのに、まるでわたくしが性悪な女みたいだと邪推するとは。

フィリップ様は勝手にこちらの心の中を想像して、またわたくしを嫌な女に仕立て上げようとします。

どうして、そんなに酷いことが言えるのでしょう。信じられませんわ。あんまりです。

お優しいフィリップ様はどこに行ってしまわれたのでしょうか……。

「ええい！　面倒くさい！　じゃあ、お望みどおり君との婚約はなかったことにしてやるよ！　君と比べればレイアの方が何倍も良い女だった！　聖女になるくらい有能で、妹を虐めてなかったのだからな！　やはり、レイアと結婚する！」

怒りの形相でわたくしを急に捨てると言い出したフィリップ様。

今まで殿方にこんなにも暴言を浴びせられたことがありませんでしたので、怖くて堪《たま》りませんでした。

本当にわたくしのことをお捨てになりますの？　レイアお姉様と婚約し直すなど、わたくしが一番悲しむことをわざわざしないでくださいまし。

やっぱり、わたくしよりもお姉様の方が優れていると思われていて、わたくしのことを馬鹿にされていたのですね。

フィリップ様にまで見捨てられたら生きていけませんわ。

どうしてこんなにも神様はわたくしに意地悪をされるのでしょう？

フィリップ様がわたくしの前からいなくなり、ただ、ただ、惨めな気持ちだけが残りました。

こんなのって、酷すぎますわぁ。

第2章 聖女として、護衛として

この王宮に来てから、一週間くらい経《た》った。聖女として、護衛として、ここで生活することにようやく慣れてきた気がする。

癒やしの術で傷付いた人々を治したり、魔物の巣付近で結界を張ったり、そういった聖女のお務めをエリック殿下に観察され、そしてその後、彼の護衛をするという日常。

つまり四六時中エリック殿下と共にいる生活を送っているが、不思議とまったく疲れていない。

エリック殿下の護衛も長くて二時間。それもほとんど談笑して終える程度のもの。

正直に言って実家にいて何もしない方が苦痛だった。

エカチェリーナの愚痴やら小言やらを聞かなくていいし、ジルにもイライラせずに済むし。むしろ、今の生活は快適とも言える。

時々、暗殺者が飛び込んで来ることがあるけれど、初日と同様に魔法であしらって捕まえている。

余談だが私たちのところに飛び込んで来るのは、捕まえられている暗殺者の半分くらいだったらしい。それを聞いて私はかなり驚いた。

それほどたくさんの暗殺者たちがこの王宮の中に入り込んでいるのかと。

ちなみに、エリック殿下を襲う暗殺者たちのもう半分は他の護衛たちの手で処理されていた。

「これはレイア殿。これから、お務めですかな？」

「ええ、まずはエリック殿下のところに向かいます。今日もついて来られるとのことですので。ヨハンさんは、また暗殺者を捕まえたのですか？　お疲れさまです」

「いや、なに。レイア殿が来られてからというもの、某《それがし》は随分楽をさせてもらっておりますゆえ」

エリック殿下の執務室へ向かう途中にすれ違ったのは、護衛隊のリーダーであるヨハン・オルブラン。

ヨハンさんはロープで拘束した無法者の二人組を連行中だった。

実家は四百年以上の歴史があるオルブラン流剣術の道場で、師範代の腕前であるという彼は剣術の達人である。

話を聞けば、エリック殿下もその道場でヨハンさんの父親から剣術を習い、腕を磨いたのだとか。つまり、ヨハンさんはエリック殿下の兄弟子らしい。

「そういえば、こちらにレイア殿が来て、もう一週間になりますな。エリック殿下とは打ち解けましたかな？」

「えっ？　打ち解けて、ですか？　い、いきなりですね。私は滞りなく自分の使命を果たすだけで精一杯ですから」

突然のヨハンさんからの質問には驚いた。

そもそもの出会いの印象が悪いから、どうしても距離を縮めるのに抵抗がある。

もちろん悪い人じゃないことはわかっている。あれだけ毎日のように命を狙われていると刺々《とげとげ》しい態度になるのも無理はないから。

でも、私からは時が過ぎるのを待つ以上のことはできない。

私は殿下にとっては観察対象であり、他に何か特別な関係があるわけではないのだから。

「左様でございましたか。ふーむ、レイア殿ならエリック殿下と上手《うま》く打ち解けられると思ったのですが」

「買いかぶりすぎです。私、結構敵を作ってしまう性格ですので」

(わからないわ。ヨハンさんは私に何を期待しているのかしら)

エリック殿下と仲良くできそうって言ってくれるけれど、私には難しいだろう。どんなことを話せばいいのかわからないし、ピリピリしている殿下との距離の縮め方もわからないような私には。

たった一週間でも、少しでも気を抜いたらまたエリック殿下を怒らせてしまうのではと、戦々恐々として過ごしているのだ。

しかしながら、そんな状態で家よりも快適だと思っているのだから、私の普段の生活がどれだけ窮屈だったのか、今になって実感した。

「はっはっは、そういうところも殿下に似ておられる。エリック殿下も幼少のときより頑固でしてな。年上の某が剣術の稽古で加減するのを嫌がり、怪我《けが》をするからと宥《なだ》めても、〝手加減するならヨハンとは口を利かん〟と仰《おつしや》って、よく困らされたものです」

「まぁ、可愛《かわい》らしいですね。しかし、その言われようですと、私が子供っぽくて頑固だと言われているように聞こえますよ」

「おおっと、これは某の失言でしたな。お許しくだされ」

「ふふっ、面白い話を聞かせていただいたので許して差し上げます」

（当たり前だけどエリック殿下も子供のときがあったのね）

そういえば、私も昔から融通の利かない子だったかもしれない。だから、可愛げがないと義母にも嫌われているのだろうか。

「気に入ってくださって何よりです。では、このような話は如何《いかが》ですかな？　エリック殿下が五歳のお誕生日のときに――」

「君は賊を連行中じゃなかったのかい？　ヨハン・オルブラン護衛隊長」

「……うっ、これは殿下。執務室におられたのでは？」

更に気を良くしたヨハンさんが、エリック殿下の昔の話をされようとすると、背後から現れた殿下に声をかけられて気まずそうに振り返る。

（エリック殿下が少し怒っているような気がするわ。昔の話を聞かれるのがそんなに嫌なの？）

「レイアが来るのが遅いから、様子を見に来たんだ。昔の話などいいだろう。彼女だって興味ないさ」

「あら、私は興味ありますよ。ヨハンさんのお話が聞けなくて残念です」

「なんと、某の話を気に入られ申したと。では、また後日お話ししますゆえ」

「――っ!? ヨハン、余計なことは言うな。これは命令だ」

（エリック殿下も顔を赤くして恥ずかしがることがあるのね）

他愛のない話にムキになって食ってかかるとは、意外だった。

これはヨハンさんには心を許しているから見せる表情なのだろうか。今まで常に冷静沈着で仏頂面だったのに。

「エリック殿下も楽しそうなお顔をされることがあるのですね」

「楽しそうだと?……そうだ。もう、聖女のお務めの時間だろう？ 早く外に出るから支度をしたらどうだ？ 馬車は用意している」

私が堪えられなくなって、エリック様の表情が変わられたと指摘すると、彼は珍しく焦ったような顔をした。

小さなことではあるが、殿下にほんの少し近付けた気がする。自分が思っているよりも、彼は普通の人で、だからこそヨハンさんが仲良くして欲しいと思っているのだと。

「さぁ、行くぞ。準備はできているんだろ？」

そんなことを考えながら、私は殿下とともに今日のお務めへと向かった。

今日の目的地は王都の北西にある荒地付近の岩山。この付近に魔物が出たとの情報があったので、教会から結界を張るようにと指示を受けたのだ。

ちなみに、エリック殿下は馬車の中でも持ち込んだ書類の整理をしている。不思議に思い、なぜそんなにも仕事が多いのかと理由を聞いたことがあるが、どうやらそれこそが殿下が命を狙われる原因となっているらしい。

エリック殿下の業務のほとんどは、不正を犯した役人や貴族たちを糾弾するための資料作り。正義感の強い殿下は、汚職に手を染めている者たちがこの国の政治を牛耳っていることに我慢できないのだ。

しかしながら、気に入らないからといって無理やり排除するというのはエリック殿下の流儀ではない。言い逃れできないくらいの証拠を摑《つか》んで、責め立てるのだ。

だからこそ一度目をつけられると、どんなに権力を持っている貴族であろうと全てを失うという結果になるのだ。

そのような背景から、暴露されると今の地位を追われると肝を冷やしている有力者たちが、エリック殿下を亡き者にしようと結託しているそうだ。

エリック殿下を怖いと感じる理由はわかる。理詰めで誰にでも嚙《か》み付く王太子など、私だって怖い。

我が父、ウェストリア伯爵を褒める点があるとすれば、持ち前の事なかれ主義で権力闘争などには手を出さず、与えられた領地管理の業務だけ無難にこなしていることだろう。

基本的に無害だからエリック殿下に目をつけられる心配だけはないと安心できる。

その点はフィリップ様のお父上であるジルベルト公爵も似ているかもしれない。とはいえ、公爵の地位にあるから、十分に権力を持っていて汚職なんかする必要がないくらい裕福なおかげもあるとは思うが。

おそらく、フィリップ様がエリック殿下の友人をやっていられたのも、彼がその気質を引き継いで凡《およ》そ不正やらなんやらとは無縁だったからだと思う。

十分に裕福で、待っていたら父親の地位を得られるんだから、野心などという感情を持ちようがないのかもしれない。

ジルに唆されるまで、私は彼を嫌ったことは一度もなかった。温厚でまさに典型的な高位貴族という人だったから。

ちょっと甘やかされすぎて、無神経だと感じることもあったが、自分の家族があんな感じだったので我慢できないほどではなかった。

流石《さすが》にフィリップ様はジルと婚約して、私に結婚式に出て欲しいと言うほど無神経ではないと信じたい。

だが、どの道ジル自身が参加して欲しいと言うような気がしてきた。「お姉様はジルの晴れ舞台を祝福してくれませんの？」と涙目になりながら懇願する彼女の姿がはっきりと頭の中に浮かぶ。

そして断ると、エカチェリーナが出てきて、私のことを非情だと罵るだろう。

これ以上はやめておこう。今、考えたって仕方ないし、気分が悪くなるだけだ。とにかく一日の我慢で済む話なわけだし、父を見習って事なかれ主義に徹した方が楽だと考えることにしよう。

「どうした？　思いつめたような顔をしていたが。何かあったのか？」

「いえ、何も。エリック殿下の五歳の誕生日に何があったのか考えていただけです」

「なるほど、そうきたか。ヨハンの奴《やつ》には困ったものだ。……別に大した話ではないが、君にそんな表情をさせるくらいならば話そう。だが、聞いても笑うなよ」

「ええ、笑いませんとも」

「本当だな？」

「もちろんです。聖女は神に誓って嘘《うそ》をつきません」

「ふぅ、ならばそれを信じよう。……五歳になった僕は、自分のことをもう大人だと思っていたのだ。だから、父上のワインをこっそり拝借してな。ヨハンと二人で飲んで酔っ払って騒いだ。それだけだ」

「そういう話でしたか。エリック殿下は酔うと判断力が鈍るため、お酒は嗜《たしな》まれないと聞きました。五歳の頃の方が大人だったとは、確かに大したお話ではありませんね」

妹の泣き顔を思い浮かべていたことを誤魔化すため、ヨハンさんと話していたことを口にすると、殿下は渋りながらもそのときのことを話してくれた。それは誰しもが経験するような小さな失敗談だ。

ヨハンさんの話やこの話から察するに、幼少期は案外やんちゃだったのかもしれない。

寂しいのは、今の殿下がそれを表に出さないように努めているということ。人間的な部分を隠して警戒して生きている。それは短い付き合いでも十分に伝わっていた。

「そうだろう。だから僕の過去など詮索する必要はないぞ。さぁ、着いたぞ。この辺りは荒れ果てて農地にも利用できないし、人も住んでいないような持て余している土地なんだ。魔物が出ることもあるから危険ではあるが」

「存じております。ですから私も試したいことがあるのです」

「試したいことだと？」

雑談をしていると、いつの間にか目的地である荒地に到着した。

エリック殿下の言うようにこの土地には利用価値がなく、そのまま放置されている。

聖女とは国の繁栄のために尽力する者。私はその理念に賛同してこの称号を得るに至った。

だから、常に考えているのだ。私がどうすればこの国のために動くことができるのかどうか。

いつもの倍の量の石碑を地面に並べて、私は天に祈りを捧《ささ》げる。

神の力を借り受けた私は、魔力を増大させて二つの魔法陣を展開させた。

「ま、魔法陣を二つ同時に!?　君は一体、何をするつもりだい!?」

「大いなる加護の力よ！　大地を癒せ！」

二つの魔法陣が一つに重なったとき、私は更に魔力を込めた。

これは結界内の生命全てに活力を与える魔法。その対象には大地すらも当てはまる。

地面からは新芽が生えて、岩陰に残る雪からも緑が顔出す。

（かなり魔力を消費する大規模な術式だから不安もあったわ。でも無事に成功したみたい）


「この辺りは荒地で使い物にならないと思っていたが……。聖女は土壌をも治癒魔術で回復させることができるのか」

「できるようになったのはつい最近です。結界を張るついでに、何かできないかと考えていまして。魔物の群棲地《ぐんせいち》付近は荒れた土地が多いですから、こうして少しずつ土壌を活性化しています」

エリック殿下は、私が密《ひそ》かに研究していた新しい結界術を褒めてくれた。

それは治癒魔術と結界の融合。まだ効果もそれなりなので実験レベルでしか使っていないが、気に入っていただけたのなら頑張った甲斐《かい》がある。

「これはとても素晴らしい発明だ。もっと誇っていい。いや、誇らないから君らしいし、それが美点なのかもしれないな」

「よくわかりませんが、お褒めいただき光栄です」

別に功績を誇って偉そうにするために聖女になったわけではない。私の力を必要としてくれる人のために尽力できればそれでいいのだ。

でも、それでも、その頑張りを褒めてもらえたのは素直に嬉《うれ》しい。

エリック殿下は私のことをよく見てくれている。最初は、聖女にふさわしいか見極めると言われたこともあり、粗探しというか嫌なところを見つけようとしているのかと思ったけれど、ただただ観察しているだけのようだ。むしろ、ずっと褒めてくれているから正直言って怖いくらいだ。

そうして私は魔法で、エリック殿下は剣で、時々現れる魔物とごく稀《まれ》に現れる暗殺者を倒しながら、結界を張り終えるまでの時間を潰した。

殿下の剣術を見ていると護衛など要らないと豪語する理由がわかる。

特筆すべきはそのスピードと確実に急所を捉える容赦のなさ。殿下の剣技は如何《いか》に隙を見せずに敵を仕留めるかに特化していた。ヨハンさんのことは信じているみたいだけど、それでも自分の身を確実に守るためには、安心するためにはここまで努力しなくてはならなかったことが窺《うかが》える。

魔物の青い血を拭う彼の姿を見て、私はエリック殿下がいつかポキリと折れてしまわれるのではないかと心配になっていた。

もしも、殿下に信用ができる人間が増えれば、少しは張り詰めた空気は変わるのだろうか。こうして今にも折れそうな殿下を見ているとどうにも危うく見えて、手を差し伸べたくなる。

自分からは動くつもりはなかったけれど、ほんの少しだけ距離を縮めてみようか。よく考えたら、最初に会ったときの印象が悪いだけで、普段の殿下は正義感の強さはあれど穏やかな方だ。

「おーい！　エリック殿下！　レイア！」

そんなことを考えつつ、結界もそろそろ張り終えるだろうというとき私たちを呼ぶ声が聞こえた。

この声はフィリップ様だ。どうしてこんな所に。

「はぁ、はぁ、殿下、お久しぶりです」

「久しいと言うほど間は空いていないが、どうしたというのだ？　そんなに急いで、こんな所までやってくるなど」

「いえ、大した用ではないのです。そして、レイア、よく見るとお前もジルに劣らず綺麗《きれい》だな」

「それはどうも。フィリップ様が私にそのようなことを仰せになるのは珍しいですね」

必死な表情でこちらに駆け寄って来られたフィリップ様にエリック殿下も不思議そうな顔をする。

この方が私の容姿を褒めるとは、どういう風の吹き回しだろう。こう言っては失礼ではあるが不気味でしかない。

婚約中は能力的なことを褒められたことはあれど、見た目に関しては何も言われたことがなかったから。だから、それだけで彼の態度は明らかにいつもと違うと言えた。

本当に何をしに来たのだろうか。正直、嫌な予感しかしない。

「レイア、ジルと婚約を破棄してきた！」

「――――っ!?」

私はフィリップ様の突然の告白に声を失った。

（今、なんと言ったの？　婚約破棄って言ったように聞こえたけど……）

だって、つい一週間前に私と別れてジルと婚約したばかりなのに。なんの冗談を言っているのか、全然状況が呑《の》み込めない。

「ジルは面倒くさい女だと気付いたんだ。お前が虐《いじ》めなどするはずないのに、そんなことを吹聴《ふいちょう》して俺を惑わせる質《たち》の悪いことをしていた。だから、スパッと別れてやったのさ」

この様子。冗談を言っているわけじゃないみたいだ。何というスピード婚約破棄。

フィリップ様はたったの一週間でジルとの婚約を破棄したという。何かしらの記録を狙ったとしか考えられないことをする、と私はどうでもいい感想を抱いてしまった。

でも、よく考えたら私にはまったく関係のないことだ。それは彼とジルの問題なんだから。

私から文句を言うのは筋違いかもしれない。散々、かき回されたのは過去の話であり、もう終わったことなのだから。

「そうですか、それは残念です。ウェストリア家とジルベルト家はご縁がなかったということですね」

「何を言う！　縁ならまだあるぞ！」

「……？　いえ、私とも妹のジルとも婚約破棄されたのですから、もうご縁はないと見て差し支えないでしょう」

この方は何を言っているのだろうか？　意味がわからない。

ウェストリア家の娘二人と立て続けに婚約破棄したのだから、ご縁がないのは確実だし、フィリップ様もそれを望んでいるとしか思えない。

「もう一度、婚約し直すんだよ！　俺とレイアが！　そもそも一週間前までその予定だったんだから、復縁して、全部水に流して、万事解決だ！」

（まさか、彼がこんなに頭が悪かったとは思わなかった）

フィリップ様はとても明るい顔をされながら、もう一度私とやり直したいと言うので、私は思わず心の中で毒づいてしまう。

冗談なら受け流せるが、この目は本気だ。だからこそ腹が立つ。

私が信じてくださいと訴えたときはまったく聞く耳を持たなかったのに、いくらなんでも都合が良過ぎるとは考えないのだろうか。

つい一週間前の話なんだから、さすがに私も忘れてはいない。

全部目をつぶって水に流すような都合がいい展開になると思っているのであれば、相当なものだ。

「フィリップ様、私とフィリップ様のご縁はあの日に終わりました。婚約というのは一種の契約ですし、それを一方的に反故《ほご》にしておいて、事情が変わったからもう一度というのは些《いささ》か不義理ではありませんか？」

感情的になりそうなのをグッと抑えて、努めて冷静に、穏やかな口調でフィリップ様の言っていることのおかしさについて言及する。

わざわざ、こんなことを説明させないで欲しい。これが自分の元婚約者で、更には公爵令息だと考えると悲しくなるから。

「そ、それはそうかもしれんが、俺は騙《だま》されたんだぞ。お前の妹に騙された被害者なんだ。その点を汲《く》み取ってくれ」

騙されたと言われても、そんなことは知らない。汲み取れと言っているが、理由がどうであれ、ともに過ごしてきた婚約者の言い分をまったく聞かず婚約破棄したうえ、その妹とその日のうちに婚約するという行為に及んだという事実は消えないのだから。

そもそも、すぐに別れてすぐによりを戻そうとする、この一連の流れが単純に嫌だと思った。

私を信じなかったことを反省していない。それにその素振りすら見せていないのには呆《あき》れてしまっている。

「よく考えたら、物静かで面倒もかけそうにないお前の方がいいって気付いたんだよ。聖女っていうのもステータス高いしな。エリック殿下、殿下からも説得してください。色々と相談に乗っていただいてましたから、話の流れはご存じですよね？」

フィリップ様は、依然としてヘラヘラした様子で私への求婚を続けた。

はっきり言って不快でしかないし、ここまで私に固執するのも理解できない。

更にエリック殿下にも援護射撃を頼み始めた。

そういえば、フィリップ様がエリック殿下に相談していたから、あの日殿下は私に声をかけたと聞いた。彼は殿下の数少ない友人の力になろうとしたのだと。

「卑しいな」

「へっ？」

しばらくの間を置き発せられた、静かな怒気を孕《はら》んだその言葉に、フィリップ様は素っ頓狂な声を出した。

どうやら、殿下はお怒りのようだ。

「フィリップ、正直言って僕は君を見損なった。ジルの言うことを真に受けて、僕にレイアには聖女としての資質がないと訴えた。そこまでなら、君に人を見る目がなかったとして呑み込んでやろうと思っていた。僕も同じ過ちを犯したからな。その件に関して言えば君も僕も同罪だ」

エリック殿下は、今までに見たこともないくらい冷たい表情でフィリップ様を見据える。

淡々とした諭すような口調だが確かな怒気を孕んでおり、フィリップ様もその迫力に圧《お》されて言葉を詰まらせた。

エリック殿下も、フィリップ様の言葉に乗せられて私を糾弾したから、それを責めるのはお門違いだと思っているみたい。殿下の場合は一方的ではなく私の意見を多少は聞いてくれたし、後悔して謝ってくれたから、私もこれ以上は追及するつもりはないけれど。

「だが、自分の軽率さを反省せずに、あまつさえレイアに謝罪すらせずに求婚？　お前には人としての道義がないのか？　ジルベルト公爵が人の道すらも跡取りに学ばせていないとは思わなかったな」

「そ、それは、そのう。こちらも騙された立場で気が動転していて。レイアには謝るつもりだったんです」

「それを身勝手だというのだ。まずは自分の欲求からというその浅ましさ。そして一度、一方的に婚約を破棄した相手に、謝罪もなく求婚する厚顔無恥なところ。それは人の道を外した畜生だと言って良い。君は卑しいぞ」

自己の行いについて糾弾されたフィリップ様は反論をするが、次第にエリック殿下の怒りが伝わったからなのか顔を青くして震え出す。

この辺りが彼の甘いところなのかもしれない。怒られ慣れていないというか、何というか。

今まで何不自由なく暮らしてきて、反省や謝罪などとは無縁に過ごしてきたから、こんなふうになってしまったのだと思われる。

(それにしても、エリック殿下も容赦ないわね)

フィリップ様はもう無抵抗状態で降伏寸前だ。

この方が正義感が強いと言われている理由と、それゆえに敵を作りやすい性格だという理由の一端が垣間見《かいまみ》えたような気がする。誰であろうと、義がないと感じたら目を逸《そ》らすことができないのだろう。

それは素晴らしいとも思う。だが、同時に生き辛《づら》そうとも感じられた。

「今後はジルベルト公爵家との付き合いも考えさせてもらうとしよう。君のお父上にはこのことを伝えておくからそのつもりでいてくれ」

「で、殿下!? それはないですよ! ゆ、友人だと思っていたのに!――ひっ!?」

エリック殿下はジルベルト公爵にもフィリップ様の今回の行為のことは伝えると言い放ち、それについて文句を言おうとしたフィリップ様の首を掠《かす》めるように剣を突き出す。

「この辺りに魔物が多いことは知っておろう。あと、友人だからこそ間違っていることは間違っていると言う。ぬるま湯につかって同調することが友情と言うのなら、僕と君との間にはそんなものは最初からなかったと思うことだ」

剣には牙を剝《む》き出しにした魔物が突き刺さっており、フィリップ様は口をパクパクさせながら尻もちをつく。

そして、涙目になりながらその場を走り去ってしまう。その後ろ姿は何とも情けなく、見ていられないほどだった。

よっぽど恐怖を感じたのだろう。エリック殿下の覇気はそれだけで人を押し潰せそうなほどだった。

「ふぅ、僕の嫌なところを見せてしまったね。また一人友人を失ってしまった」

「申し訳ありません。私とフィリップ様の婚約破棄の騒動に巻き込んでしまって」

「いや、レイアが気に病むことはない。僕が自ら進んで巻き込まれたのだから」

寂しげな表情のエリック殿下は私の謝罪に返事はしてくれたが、いつものような覇気はなく肩を落としているように見えた。

　フィリップ様のことを友人として大事にしていたのだろう。だからこそ、思うところもあるはずだ。

「……あ、あの！　殿下、フィリップ様のことは残念ですが、もう一人友人を作れば全て解決しますよ」

「――っ!?　ふむ。そうか、その手があったな」

（とっさに出した割には、良いアドバイスだったみたい）

　なかなか新しい友人を作るのは難しいかもしれないが、エリック殿下が前向きになればきっと上手くできるはずだ。

「言われるまで、そんなこと思ってもみなかったな。新しい友人か。なるほど」

「参考になったのであれば、幸いです」

「レイア、君はどうだ？　僕の友人になってはくれないか？」

「えっ？」

　唐突に私に友人になって欲しいと言うエリック殿下。

　これは何かの冗談なのだろうか。一週間前に観察すると言っていたのに友人だなんて。

　そんなことを言われるなんて思ってもみなかったから、少し驚いた。

「いや、すまない。僕は君に友人になって欲しいと言える立場じゃないな」

「エリック殿下？」

殿下は背を向けて友人になって欲しいという台詞《せりふ》を撤回した。

この方は孤独が好きというわけではないのだろう。ただ愚直にまっすぐにしか進めない不器用な方なのだ。

……どうしたのだろう、私は。エリック殿下のことをもっと知りたいと思っている。

私をあの家から連れ出してくれた。その瞬間に新しい人生が始まったとしたら、ある意味で殿下は私の恩人だ。だからもっと知りたいと感じているのだろうか。

もしも歩み寄ってお互いのことをよく知るようになれれば、そのときはきっと今よりもこうしていることが、楽しいと感じるようになるだろう。

こうして会話をすることもできたし、そんなときがいつか来るような予感がしていた。

「さて、帰るとしようか」

「はい。帰りは五歳の誕生日の話をもっと詳しく聞かせてください」

「……それはヨハンに聞けばよかろう」

「殿下から直接お聞きしたいのですよ」

殿下の少し後ろを歩く。この距離がこれから縮むことがあるのだとしたら、それは私と殿下のどちらの気持ちの変化が大きいのだろう。

エリック殿下の銀髪が太陽の光を反射していたからかもしれないが、私にはいつもよりその後ろ

姿が輝いて見えた。

◆

フィリップ様から復縁の提案を受けてから更に一週間。

エリック殿下の一喝が効いたからなのか、彼から連絡を取ってくるようなことは一切なかった。

ジルとも婚約破棄したと言っていたけれど、そちらは揉《も》めなかったのだろうか。まぁ、たとえ問題が起きたとしても、父にはジルベルト公爵家に文句を言うような勇気はないだろうから、いつものように何もせずに事なかれ主義を貫きそうだ。

だが、義母のエカチェリーナは怒っているかもしれない。ジルのことを溺愛しているから、そんな大切な存在を粗雑に扱われてプライドが傷付いたと思う。

そんな面倒事の気配しかない実家に一度帰ろうかと考えている。

もちろん、家族が恋しいわけではない。他に理由があるのだ。

王宮にいきなり連れ出されたので私物はほとんど家に置いているから、それを取りに帰りたいだけなのである。

身一つというわけではないけれど、着替えなどの生活必需品しか現在手元にはないのだ。

今日は護衛の仕事も休みをいただいており、聖女のお務めもない。いい機会だから戻っておこうと思ったのだ。

今からエリック殿下の執務室に行ってその旨を話そうと思っている。

そういえば、私が護衛として加入するきっかけになったのは、護衛隊の一人が謹慎処分を受けたからって聞いていたが、その人も今日から復帰するらしい。

どんな人なのだろうか。謹慎処分ってことは何か良くない行動をしたのだろうが、あのエリック殿下がそのまま復帰させるということはそこまでの問題ではないのだろう。

「ギャーーーーーーッ!!」

「――っ!?」

（えっ？　な、なに!?　い、一体何が起こったっていうの!?）

執務室前へと続く通路の窓ガラスを破って、如何にもならず者って感じの男が二人、次々と吹き飛ばされてきた。

（こ、これはエリック殿下を狙った暗殺者よね？　人ってあんなに勢いよく飛ぶんだ）

「逃さないアルよ！　あっ！　ここにいたネ！」

「ひぃぃぃぃぃぃ！」

二人を追いかけるように黒髪をお団子にした小柄な女性が、割れた窓から飛び込んできて、ならず者たちを何度も殴りつける。

（えぇーっと、ここ二階だったはずよね。それに自分よりもずっと大きい男性を二人も相手にして、

一方的に蹂躙《じゅうりん》しているわ）

それにこの人たち逃げていたんじゃなくて、飛び込んで来たように見えた。

「ふぎゃあああ！」

「こ、殺されるぅぅぅぅ！」

この男たちは恐らく殿下の暗殺未遂犯。捕まれば極刑は免れないだろうが、ここで殺されるのを見過ごすわけにはいかない。

事情聴取など、殿下を狙う黒幕を洗い出すのに色々と利用価値もあるから。

「これ以上、その人たちに手出ししないでもらえませんか？　彼ら死んでしまいますよ」

「んっ？　暗殺者、死んじゃう困るネ。お姉さん、止めてくれて、謝謝《シエイシエイ》。助かったヨ」

目の前の女性のこの話し方は地方出身ってわけでもなさそうだ。他国からの亡命者といったところだろうか。

見た目からして、おそらくはレン皇国など東の国の出身の可能性が高い。

「死んでしまうのは困ると知っているのですね。では、なぜ私が止めるまで手を止めなかったのですか？」

「悪い気を感じたら動かなくなるまで殴れって、老師からの教えネ。生きるための知恵だと聞いたヨ」

知恵というか純粋な暴力だと思う。しかし、あの殺気といい、膂力《りょりょく》といい、只者《ただもの》じゃない。

（本当に何者なんだろう？）

突然の出来事に混乱しつつも考えていると、バタンと開いた執務室の扉から殿下が困ったような顔をして現れた。

「やっぱりリンシャか。大きな音がしたからそうとは思っていたが」

「エリック！　謹慎終わったヨ。また、護衛できるネ」

護衛？　それに謹慎ということは、この女性が今日から復帰するっていう護衛の一人ということだろうか。

……エリック殿下はとても個性的な護衛も手元に置いているみたいだ。確かに先ほどの様子を見る限り戦闘面では頼りになりそうだ。

「ん？　レイア、君は今日休みだったと思うが？　まぁ丁度良い。紹介するよ。僕の護衛を務めているリンシャだ。昨日まで謹慎中だったが、今日から復帰する。これからは君と共に業務にあたることも多いだろう」

「リンシャさんですね。レイア・ウェストリアです。よろしくお願いします」

「レイア！　よろしくネ！」

ニカッと無邪気な笑みを浮かべる彼女からは、さっきまでの殺気が完全に消えていた。

とても可愛いらしい人だと思う。少なくとも悪い人ではなさそうだと安心した。

エリック殿下も彼女には自然体で接しているし、信頼しているみたい。

「リンシャはレン皇国の第十二皇女でね。権力闘争に巻き込まれて、この国に亡命してきたんだ」

「こ、皇女殿下でしたか。これは失礼致しました。リンシャ様」

まさか、この大陸のずっと東側にある大国、レン皇国の第十二皇女だったとは。亡命者というのは何となく察しがついていたが、そんなに高貴な人だったなんて予想もしていなかった。

「レイア〜、様とか要らないアルよ。国を捨てたのと同時に昔の身分は捨てたネ。今はエリックの護衛アル。レイアとおんなじヨ」

「ですが、リンシャ様……」

「リンシャでいいネ。遠慮するの良くないアル」

(特に遠慮しているわけではないけれど)

しかし、様付けが嫌っていうのはこだわりかもしれないし、尊重するべきだろう。

それでも皇女殿下を呼び捨てにするのは抵抗があった。私もこの国の聖女として、最低限の礼節は弁《わきま》えたいと思っているから。

「では、リンシャさんで」

「レイアは律儀な人アルね。それでいいヨ。仲良くしてネ」

妥協案としてリンシャさんと呼ぶことで許してもらおうとしたら、彼女は手を差し出して頷《うなず》いた。

私は彼女のその小さな手を握りしめる。リンシャさんが友達になってくれたら楽しそうだと素直に思えた。

「そういえば、まだここにいる理由を聞いていなかったな。何かあったのか？」

「あ、いえ。実家に置いてある私物を取りに行く許可をいただきたいと存じまして」

実家に戻ると色々と面倒なことは言われるだろうが、これは仕方ない。ちょっと我慢すれば良いだけだから大丈夫。

二週間もジルやエカチェリーナからの嫌がらせを受けずに済んだということが、私に精神的な余裕を与えてくれた。そのおかげなのか少し我慢すれば良いと思えば、あの二人に会うことがそこまで憂鬱ではなくなっている。王宮に戻ってくることができるのだから問題ないと思えるようになったのだ。

「私物を取りに行くのはもちろん構わないが、君は一人であの実家に戻るつもりなのか？　僕の護衛を回してもいいが」

「えっ？　ご、護衛ですか？　私を一人で実家に行かせるのに何か問題でも？」

許可はすんなりもらえたが、エリック殿下はなぜか心配そうな顔をする。

私に護衛をつけるなど、変なことを言う。殿下と違って、命を狙われているわけでもないのに。

「君が君の母上と妹君に嫌われているのは知っている。だから気を遣ったのだ」

「殿下、答えにくいことを仰せにならないでください……」

嫌われてると自分でわかっていても、他人に言われると返答に困る。せめて、もっと遠回しな表現にして欲しい。

はっきりと私が義母と妹に嫌われていると面と向かって言われたのは初めてのことだ。

もちろんそれは事実だし、あのときの短いやり取りで殿下が見抜けるくらい露骨だったのかもしれないが、こうもはっきりと言われると少し落ち込みそうにもなる。

「僕が一緒に行ってもいいし、何ならリンシャも付けようか？」

「リンシャ、レイアが家族から虐められていたら、いつでもそいつぶっ飛ばすヨ」

「いえ、ご心配には及びません。慣れていますから」

リンシャさんに吹き飛ばされるエカチェリーナやジルはさすがに可哀想《かわいそう》だし、これは私の問題だ。

それに私がただ実家に戻るだけなのに殿下の手を煩わせるなどあり得ない。

最近何かと気にかけてくれてありがたいけれど、甘えるわけにはいかないと思っている。だって、私は監視のために一緒にいるだけの存在なのだから。

「そうか。では、従者をつけて王室の馬車を出そう。そうすれば、ウェストリア伯爵も少しは抑止するだろう」

エリック殿下はエルシャイド王室専用の馬車をわざわざ出してくれた。

王室専用の馬車で戻れば、私はエリック殿下の賓客という待遇を受けているという話になるので、おいそれと変なことはできないと睨《にら》んだのだろう。

それでどこまで変わるのかはわからないが、殿下が配慮してくれたのだ。それには素直に感謝するべきだろう。

あのときのこと、殿下はまだ負い目に感じているのだろうか。あれから謝ることはなくなったけど、きっと殿下は忘れていないような気がした。

何かと気にかけてくれることは嬉しいし、必要ならばご厚意にも甘えようと思う。でも、今日は大丈夫。一人でも問題はない。

というわけで、私を嫌っているであろう家族がいる実家に久しぶりに戻ってみることにした。

◆

「到着しました。レイア様」

「ありがとうございます。そんなに私物もありませんから。一時間もかからないと思います」

従者の方にお礼を言い実家の扉を開けると、馬車の音が聞こえたのか出迎えに待っていたジルが満面の笑みで抱きついてきた。

「レイアお姉様ぁ、王宮から戻って来られましたのね。お可哀想に、エリック様からたったの二週間で愛想を尽かされるとは……。でも、わたくしは違いますわ。レイアお姉様の良いところをいっぱい知っておりますもの」

（こんなにすり寄って来るのは珍しいわね）

上機嫌に目をキラキラと輝かせたジルの言葉に返事につまる。

どうやら私が王宮で粗相をして、追い出されてきたと思ってるみたい。

エリック殿下が私を王宮に連れて行こうとしたときも、必死で引き留めていた。

（そんなに私が王宮に行くのが嫌なのだろうか？　この子の本心がわからないわ）

「ただいま、ジル。出迎えありがとう。……そういえば、フィリップ様とのことは残念でしたね」

先日のフィリップ様の言動から察するに、ジルは彼から婚約破棄されているはず。

彼女はフィリップ様のことを格好いいと私の婚約中には常々言っていたし、婚約破棄を突きつけられてショックを受けていると思っていたけど、随分と元気そうだ。

「フィリップ様のことですかぁ……？　特に何もありませんけどぉ。何のお話ですの？」

「えっ？　フィリップ様とあなたの婚約が破棄されたと聞きましたが……」

キョトンとした表情で首を傾《かし》げるジルを見て、私は自分が見当違いなことを尋ねているような気になった。

（どういうこと？　聞いている話と違うような……）

先日、フィリップ様がジルと婚約破棄したという話は出鱈目《でたらめ》だったのだろうか。いえ、あの様子はとてもそのようには見えなかった。

「ジルベルト公爵に泣きつかれたのですよ。ジルのような良い子と婚約破棄をするなど、世間に知られたら公爵家の恥だと。だから、婚約破棄の件はなかったことにして欲しいと。まったく、あの方は何を考えているのでしょう？　可愛いジルに面倒くさいなどと暴言を浴びせて……！」

階段を降りながら、エカチェリーナが私に声をかけてきた。彼女は、あからさまに不機嫌そうな顔をしている。

「お母様、わたくしは気にしていませんの。フィリップ様も色々と不満が溜《た》まっていたのでしょう。許して差し上げますわぁ」

まさか、あれだけ大騒ぎして私と関係を戻そうとしていたにもかかわらず、結局ジルのもとに戻ったというのだろうか。

私だったら恥ずかしくてそんなこと絶対にできないが、彼は違うみたいだ。

でも、彼の父上であるジルベルト公爵が泣きついてきたというし、フィリップ様自身の意思とは反するのかもしれない。

私は気にしない。ジルが良いと言うのなら一向に構わない。この件には関わりたくないから、これは嘘偽りない本音である。

「それにしても、自慢げに王宮へと行った割には随分と早く戻ってきたのですね。まあ当然ですよ。あなた如《ごと》きがジルを差し置いて殿下の傍らにいるなどおこがましい」

「お母様、可哀想なお姉様を責めるのはやめてくださいまし。殿下に嫌われてショックを受けているに決まっていますから。お姉様ごめんなさい。結局、わたくしが先に嫁いで、お姉様が行き遅れるという結果になってしまって……」

私が出戻ってきたと勘違いして、嬉しさを隠そうとしない義母のエカチェリーナといつになく饒《じょう》舌《ぜつ》になっている妹のジル。

帰ってきて数分でこんなに嫌な気分になるのには参った。王宮の快適さを再認識した。

私は一言も殿下に嫌われたなどとは言っていない。それに行き遅れた、もといこれから行き遅れることになるのはジルがフィリップ様を奪ったからだ。

まったく話の通じない二人を前に、早く静かな王宮に戻りたいと思ってしまった。でも、そのためには私物を取りに帰ったことを伝えなくてはならない。

ただ、それを話せば面倒なことになると予想はついている。想像するに容易《たやす》いことだからこそ、言いにくい。

(でも、言いにくさよりもここから出たい気持ちの方が大きいわ)

「……あの、すぐに王宮に戻ります。今日は私物を取りに来ただけですから」

「「はぁ!?」」

綺麗に揃《そろ》った。そして、さっきまでニコニコと笑顔を浮かべていたけど、それが一瞬で様変わりした。

エカチェリーナはイライラを全面に出して、ジルはあからさまに失望した表情で、私の顔を見ている。

私のことを見下すことくらいしか楽しみがないから不満なのだろう。

感情を少しも隠そうとしないから、言葉がなくても如実に伝わってくる。

「ま、ま、まったく！　あなたという人はどこまで性悪で悪辣なのでしょうか！」

「ひ、酷《ひど》いですわ、お姉様……！　わたくしがお可哀想にと慰めている様子を心の中で嘲笑《あざわら》っていたなんて……！　あんまりです！」

そして二人は口々に私のことを罵る。それはもう、言いたい放題に。

（この状況って私が悪いの？）

勝手に、殿下に嫌われて出戻ってきた哀れな女だと想像して、馬鹿にするような態度を取る方がよっぽど悪辣だと私は思う。

自分にとって都合のいいようにしか解釈できないのは困ったものだ。

エリック殿下の言うとおり、早く退散した方が良さそうだ。私が黙っていられなくなるかもしれない。

「お姉様はわたくしの憧れている王太子様と……。それと比べて私の相手は――はぁ……」

フィリップ様が近くで見ていたらまた婚約破棄を口にされそうなことを、ため息混じりで言葉にするジル。

次第にため息はすすり泣く声に変わり、エカチェリーナがジルを虐めるなと怒り出したので、私は無言で階段をかけあがり、自室の大事なものをカバンに詰めて早足で家を出た。

「お早いお帰りでしたね。荷物はこれだけでよろしいですか？」

「ありがとうございます。これだけで大丈夫です。はぁ……」

慌てて馬車に乗り込んだ私は座ったと同時に深いため息をつく。

思ったとおり、地獄みたいな時間だった。いえ、地獄に行った経験はないけれど、もしかしたら実家よりも居心地が良いかもしれないとすら思うくらいだった。

そんなつまらない冗談でも考えていないと精神的に安定を保てないほど、二週間ぶりの帰省はその場にいるだけで頭痛がした。

離れてみて実家がどれだけ異常だったかがわかった。そして、その状況を異常だと感じながらも、なにもしようとしなかった自分がどれだけすり減っていたのかも。

（それにしても、ジルはフィリップ様と復縁したみたいだけど、あの様子だとひと悶着《もんちゃく》ありそうね。大丈夫かしら？）

そんな心配をする必要がないのはわかっている。エカチェリーナに大きなお世話だと毒づかれるだけなのだから。

とにかく、当分あの家には戻りたくないし、家族のことを考えるのも嫌だ。頭を切り替えて、王宮に戻れる幸せを喜ぶことにしよう。

◆

昼になる前に王宮に戻った私は、執務室で仕事をしているエリック殿下のもとに報告に向かった。

王室専用の馬車を使わせていただいたお礼を言わねばならないからだ。

「早かったな。いや、それでいいのだが」

紅茶に口を付けていたエリック殿下は微笑《ほほえ》みながら私を迎えてくれる。その穏やかな空気は、義母たちとのやりとりで疲れた私の心を癒してくれた。

こんなふうに静かに時を過ごせることがこんなに幸せなんて、少し前の私は知らなかった。

「レイアも紅茶飲むアルか？　温かくて美味《おい》しいヨ」

「あ、はい。いただきます」

本当に静かな空間って素敵。義母や妹の声が聞こえないだけでこんなに幸福になれるなんて。

「ううう、俺が悪かった！　離してくれぇぇ！」

「――っ!?」

「はいどうぞ。砂糖とミルクはどうするアル？」

振り返ると大柄な男の首根っこを摑みながら引きずって、紅茶を携えるリンシャさんが立っていた。

ああ、そうだった。エリック殿下の周りも暗殺者だらけだった。

それを静かだと捉えている私は大丈夫なのだろうか。自分のことながら心配になってきた。

「お砂糖はなしで。ミルクは自分で入れますよ。リンシャさん、手が塞がって大変そうですから」

「レイア、お構いなくヨ。リンシャがおもてなしするネ」

リンシャさんが器用に片手でミルクを入れると、フワッと紅茶の良い香りがひろがる。

「どうぞアル。ゆっくりするネ」

憲兵隊に大柄な暗殺者を引き渡し、私の隣にリンシャさんも座った。

(この紅茶、とても美味しい。リンシャさんって、お茶淹《い》れるの上手なのね)

破天荒な様子からは想像できないくらい、繊細な味がした。

「リンシャの淹れるお茶は美味《うま》いだろ?」

「ええ、とても。心に染み渡る美味しさですね」

暗殺者を捕えるという非日常はあるが、それでも私はこの場所で安らぎを感じている。

この紅茶が胸の中を温めてくれるように、心が穏やかになるのだ。

「最近、こんなに幸せで何か悪いことが起こるんじゃないかって、心配になってしまいます。家に帰ったことで、その気持ちはより強くなりました」

私は王宮に来てしばらく経った頃から、これほど恵まれた生活を送れていることが奇跡のような感じがして、こんなにも都合がいいと、婚約破棄された日から今日までのことが全て夢なのかとすら思ってしまう。

「リンシャも同じこと考えた時期あったアルよ」

「ええっ!?　リンシャさんもですか?」

「レン皇国では親族みんなで殺し合っていたからネ。こっちの国は百倍居心地が良いアル。だから、こっちのこと故郷だと考えるようにしたヨ」

サラッととんでもない話をするリンシャさん。親族みんなで殺し合うってどんな状況なのだろう。以前も動かなくなるまで殴ることが常識みたいなこと言っていたし、レン皇国はこの国よりも荒れているようだ。

でも、そんなリンシャさんも今ではこの国を故郷のように考えている。

（どうやって、そんな考えに至ったのかしら？）

「この国を故郷に、ですか？」

「それが当たり前だと考えるようにしたら、何も考えなくて良くなったネ」

「当たり前というのは、この国を故郷であると信じ込むみたいな感じでしょうか？」

「そうネ！　最初、誰かに奪われる心配なくてもご飯毎日食べられるびっくりしたヨ。でもビックリに疲れてしまったネ。今を全部あーだこーだ気にしても何も変わらないアル。何も考えなきゃ考える時間分お得ネ」

「何も考えない方がお得……。そういうものですかね？」

「四千年前から、そういうものアルね。ずーーっと昔からレン皇国の人間、お得なこと大好きヨ。レイアもきっと今が当たり前だって何も考えなきゃ楽できるアル。きっと当たり前だと感じられない方が変なことだったネ」

「ふふ、それは幸せですね。私もリンシャさんを見習うようにします」

「きっとその方が楽しいヨ。紅茶も美味しいネ」

最近は会話の中で笑うことも多くなってきた。

私はあの家で生活するなかで、会話が楽しめることを忘れていたのだろう。それも悲しいことだったのかもしれないが、今となってそれは小さなことだ。

リンシャさんに倣って私も実家のことを忘れる努力をしよう。

「エリック殿下、先ほどリンシャ殿が捕えた暗殺者から調書を取ってまいります」

私が入ってきたときからいたものの、ずっと黙々と書類とにらめっこをしていたヨハンさんは、何かに気付いたのか今しがた捕まえたばかりの暗殺者から調書を取ろうと口にした。

もう調書を取るなんて早すぎる気がするが、そんなに急ぐのには何か理由《わけ》でもあるのだろうか。

「こんなに早く尋問するのですか？」

目の前で捕まる瞬間を見たからか、気になってつい口を出してしまった。差し出がましいことをしたとは思っているけれど、どうしても気になってしまったのだ。

もちろん、言えないような事情なら深くは掘り下げないつもりである。

「今日はリンシャ殿が三人も捕まえてくれましたゆえ、今日中に終わらせるには今から始めませんと」

「なるほど。そうでしたか」

「とはいえ、実はここ一週間ほど、暗殺者の数が減っているのです。表にしてまとめているのがこちらの資料です。ほらご覧になってみてくだされ、油断大敵ですが頻度は減っています」

本当だ。ヨハンさんのグラフを見ると確かに暗殺者の数が右肩下がりになっていた。

そういえば今朝、復帰したてのリンシャさんは二人捕えていた。そこに、さっきの一人を合わせると三人ということか。

それで暗殺者が減っているというのは、元はどれだけやってきていたのだろう。でも、言われてみると確かに初めてこちらに来たときよりも、最近の方が静かな気はする。

「減ったのでしたら、良いことではないのですか？」

「レイアの言うとおりだが、ヨハンが気にしているのはその点じゃない。減った理由が知りたいのだろう？　黒幕を突き止める手がかりになるから」

「左様でございます、殿下。いち早く殿下の命を狙う不埒《ふらち》な賊徒共の親玉を突き止めとう存じます。それが殿下のお命を守る某の務めでございますゆえ」

なるほど。確かに暗殺者を送り込んできた黒幕とやらが意図的にその数を減らしたのなら、その理由に敵の正体を暴く手がかりがあるかもしれない。

でも、黒幕って誰だろう。あんなに沢山の暗殺者を差し向けているにもかかわらず、足がつかないってことは痕跡を完全に消しているはず。つまり、相当な資金や人材、場合によっては他国からの援助などが必要になるのは間違いない。

（そんな資金に加えて人材や他国との繋《つな》がりを持っていそうな人たちって、まさか）

「ま、待ってください。その黒幕ってこの国の――」

「レイア殿は鋭いですな。このことはあまり口外して欲しくないのですが、四大貴族の誰かが黒幕だと某も殿下も考えております」

執務室に緊張が走る。ヨハンさんは険しい顔つきで、四大貴族の誰かがエリック殿下に大量の暗殺者を送り込んでいるのだろうと話す。

エルシャイド王国には王室を支え、政治の中枢を担い、また広大な領地の管理を任されている四つの公爵家が存在する。その四家は四大貴族と言われており、貴族の中でも別格の扱いを受けていた。

貴族たちの中でも数多くの特権を持っている四大貴族の力は絶大で、フィリップ様の実家であるジルベルト公爵家もその一つである。それゆえジルベルト家は本来、伯爵家である我が家などに頭を下げる立場ではない。

もちろん、その件に関してはジルベルト公爵がエリック殿下の不興を買って、現在の地位を脅かされることを恐れて謝罪をしたのだろうと、容易に推測できる。

しかしながら、裕福な彼らが現状に不満を抱くとは考えられない。権力だって王族に次ぐほどなのだから。

「現在進行形でエリック殿下が失脚させた役人たちの実に七割が四大貴族の息がかかっている者たちなのです。恨みを買って然《しか》るべき理由がございます」

「まぁ、ジルベルト家の関係者はいないから、他の三家が怪しいと思っているけどね」

なるほど、そういうことか。公爵家の特権には役人の任命権もある。

エリック殿下は不正を犯した者には情けをかけないから、汚職をした役人たちの首を切っていたのだろうけど、それが自分たちの関係者なら怒って当然かもしれない。

切られた役人の数だけ、政治に関われなくなるのだから。

「彼ら三家は、僕ではなく弟のデールにこそ国を継いで欲しいと、隠しもせずに陛下に訴えているからね。僕を消したいと思っているのは確実なんだよ」

エリック殿下の弟で、第二王子であるデール殿下とは何度かパーティーで話したことがある。エリック殿下と同様に整った顔立ちだったが、雰囲気は異なり、物腰も柔らかく敵を作らないタイプに見えた。そのため、婚約者がまだいないということもあり、周囲の令嬢たちから熱い視線を集めていたのを覚えている。

エリック殿下も同様に婚約者がいないが、以前にヨハンさんから聞いたところによると、いつ殺されるかわからない状況で結婚など考えられないと言っていたらしい。

（デール殿下はもしかして、エリック殿下に遠慮しているのかしら？）

二人の関係性がどうなのかは想像しかできないが、デール殿下が王太子であるエリック殿下を差し置いて、ジルベルト家以外の三家から持ち上げられているのが由々《ゆゆ》しき事態なのは確かだ。

国王、ひいては国が決めた王太子は相応《ふさわ》しくないという主張は、四大貴族と王家が反目していると取られるからだ。

「それにしても国王陛下が王太子が何度も殺されかけているのにもかかわらず、特に行動を起こしていないことが気になります。普通はもっと何かされるのでは？」

私には国王陛下のお考えがわからなかった。後継者がこんな扱いを受けていて、黙っているなんて信じられない。

普通なら陛下自らが後継者として選んだ王太子が蔑《ないがし》ろにされていたら、いくら四大貴族相手でも懲らしめようとする。

「陛下は無関心というワケではない。その証拠に君を護衛にするように教会に書状を出しただろ？　四大貴族の存在が汚職や不正の温床となっているのは、王国にとって暗黙の了解なのだ。国の一時期の安寧を願うなら触れない方がいいのは間違いない」

「陛下は一時期の安寧のために敢《あ》えて触れないように判断している、ということですか？」

「そうだ。為政者としてはそれも正しい姿だ。……だが、もしも陛下が本気で四大貴族を放置することを願うなら、僕は王太子という立場ではなくなっているはずだ。この意味はわかるか？」

確かにエリック殿下の身を案じていないのなら、私をこちらに派遣するように要請などしないだろう。

でも、国で争いが起きるのを嫌がり、積極的に介入しようとしないというのはあまりにも無責任ではないだろうか。

つまり、国王陛下の心の内というのはこういうことなのかもしれない。

「デール様を王太子にされないということは、エリック様に現状を変えて欲しいと心の底では願っているということですか？　しかし、国家の混乱を避けるために自らは無言を貫いていると？」

「少なくとも僕は陛下に試されているのだと、そう信じている」

「某もそう思っております。陛下は短慮な方ではありませぬゆえ」

エリック殿下の言葉に同調するヨハンさん。エリック殿下を試しているというのは黒幕の正体を自らの力で突き止めることができるか、ということなのだろう。

だから、ヨハンさんはこんなに頑張って手がかりを摑もうとしているのか。

（こんな敵だらけの状況でも、父上である国王陛下を恨むことなく信じ続けているとは、殿下も凄《すご》いわ）

本当は喉から手が出るほど助けが欲しいはずなのに。毎日のように命を狙われる生活など歓迎すべき点が一つもないのに。

そんなことを思いながら、私はエリック殿下の顔を見る。彼の瞳は相変わらず、この上なく澄んでいた。

それはきっと強い意志の力なのだと思う。最初に感じた怖い印象も既になくなって、私は殿下の瞳の美しさに吸い込まれそうになっていた。

「それでは、某はこれで失礼します」

ヨハンさんはそのまま執務室を出て事情聴取に向かった。

私にも何かできることがあれば協力したいと思っている。その瞳の中の輝きを失いたくないと感じるようになっていたから。

「難しい話、終わったアルか？　レイア、それよりお家《うち》に帰った話してヨ。意地悪されてないか気になっていたネ」

「そうだな。レイアよ、家でフィリップの話は聞いたか？」

張りつめた話題が終わったと思っていたら、リンシャさんが家の話を聞いてきた。エリック殿下もフィリップ様のことについて気になっていたようで、質問をしてきた。

どうやらというか、当然のことながらジルベルト公爵からフィリップ様の話は聞いているみたいだ。

「ええ、聞きました。ジルと再び婚約したと」

「僕が道義などを語ったのは、そういうことではないのだが。しかし、ジルベルト公爵も必死だったし、君が許すのであれば彼の顔を立てておこうと思っている」

エリック殿下はフィリップ様について私よりもお怒りだったが、ジルベルト公爵の謝罪を受けて収めるみたいだ。

「私は構いません。あの一件で婚約には少々懲りてしまいましたから」

「そうか、だがひとりも存外悪くないものだ。僕もまだ婚約者はいないが人生には退屈していない」

「それならば、私もエリック殿下を見習ってひとりを謳歌《おうか》する方法でも見つけましょうか」

「ああ、しばらくそうするといい。君は器量も良くて能力も高い。時が来たらきっと独り身生活の方から別れを告げてくれるだろう」

独り身生活の方から本当に別れを告げるなんてことがあり得るのか、今の私には想像もつかない。

エリック殿下が私の婚約に懲りたという発言を軽く受け止めてくれたのは、自分も誰かと共に生きるという選択ができないからだろう。

多分、黒幕の正体を摑むまで身を固めたいなどと考えない。

でも、全部終わったら王太子であるエリック殿下は誰かと当然結婚する。どんな人が殿下の妻になるのだろうか。

（殿下のことだから、きっとまっすぐで、信頼できるような……）

何を考えているのだろう。そんなこと私には関係ないことなのに。

私はエリック殿下をお守りすることだけを考えればいい。そして、黒幕の正体を摑む姿を見るのだ。

はぁ、やっぱり私も当分はひとりのような気がしてきた。フィリップ様の件もあって特に結婚したいとは思えないから、それでいいはず。少なくとも今の私はそれで楽しいと思っているから。

◆

エリック殿下の護衛となり、はや一ヶ月。

最初は私も人見知りな性格なので積極的に話しかけることもせず大人しくしていたけど、段々と護衛隊の方々とも打ち解けて話すようになった。

みんな良い人たちで、話していてとても楽しい。中でもヨハンさんやリンシャさんとは特に仲良くしている。

エリック殿下に信頼されているお二人とは、執務室で雑談することも多いのだ。

「これ、レイアが好きそうなパンが売っていたアル。食べてみるとよろしいネ」

「ありがとうございます。……美味しい。香りも芳醇《ほうじゅん》で。これも王都で買ったんですか？」

「ピザ屋の老夫婦の息子が反対押し切って無理やり開いたパン屋アル。親不孝の味がするヨ」

「そ、そうですか」

これだけ美味しいパンを作れるのに反対されたのか。

（あら？　親不孝の味と言われるとちょっと塩気がする気がする。……気のせいだと思いたいわね）

リンシャさんは王都の美味しい店を知っている。おかげで最近、聖女の務めの帰りに食べ物を買って帰ることが増えた。

「レイア殿、エリック殿下に新しい剣が明日には届くと伝えてもらえませぬか？　某、今から別件で出掛けねばならぬもので」

「あ、はい。お疲れさまです」

ヨハンさんは護衛隊を取りまとめるだけでなく、エリック殿下の事務処理の補佐なども執り行っている。

護衛隊長と兼任で〝王太子付執務補佐官〟という役職を担っているからだ。

幼いときより兄のようにエリック殿下の面倒を見ているから、殿下からの信頼は誰よりも厚い。

彼と話しているときだけはエリック殿下も少年のような表情をしている。

それに、護衛としてももちろん有能で暗殺者たちを次々と捕縛していた。彼のような部下がいたからこそ、エリック殿下は正義感の赴くまま自らの道を進んで行けたのだと思う。

私に伝言を残し、ヨハンさんは執務室を出ていった。

「レイア、紅茶淹れ直すネ。こっちにカップを寄越《よこ》すアル」

「お願いします。リンシャさん、お茶淹れるの上手いですよね。どこで習ったんですか？」

リンシャさんの淹れる紅茶は豊かな香りがして絶品なのだ。

私が淹れても、ヨハンさんが淹れても、こうはならない。何やらコツがあるらしいんだけど、コツを聞いても全然わからなかった。

「敵を油断させる技を教えてもらったときに習ったネ。レンの人々はお茶をよく飲むアル。そして、美味しいお茶飲んだあと一番気を抜くヨ。油断した敵なんて急所に一撃で天国行きアルね」

「ず、随分と特殊な事情で学んだのですね」

どんな事情があったにせよ、リンシャさんの紅茶が美味しいことにはかわりない。

でも、世の中には深く聞かない方が良いことがあるという教訓を得た。これは意外と大事な教訓かもしれない。

リンシャさんは三年前に皇女という身分を捨てて、この国に亡命してきたらしい。エリック殿下は亡命してきたリンシャさんの面倒を見ると公言することで彼女のこの国での後ろ盾となった。それからも色々あったみたいだけど、とにかく彼女はレン皇国からの亡命に成功して安寧を得ることに成功したのだ。

護衛になった経緯は彼女が武術の達人だからということで、彼女自らが志願したらしい。

気兼ねなく話せる人が増えて良かった。実家に住んでいたときみたいな息苦しさもないし、楽しいことばかりの生活。

あとはエリック殿下を狙う黒幕を突き止めるだけだ。それは私も護衛の一人として成し遂げようと考えている。

「あっ！　いけない。自室に教会から届いた依頼書を忘れてしまいました。ひととおり今日中に目を通して、殿下にもお見せする予定だったのに。リンシャさん、殿下が先に来られたら、レイアは忘れ物を取りに行っただけなので、すぐに戻ると伝えておいてください」

「任せるアル。大船に乗って待ってるヨ！」

リンシャさんにすぐ戻ると伝えて、私は忘れ物を取りに自らの部屋へと急いだ。

◆

部屋に戻って、書類を片手に執務室に向かうと思わぬ人と出くわした。

こういう立場で会うのは初めてだから緊張する。この方と会うのは一年ぶりくらいだろうか。

「やぁ、レイアさん。久しぶりですね。兄上の護衛になった話を聞いて驚きました。少し前にジルベルト家に嫁ぐという話を聞いていましたので」

「これは、デール様。ご無沙汰しております。申し訳ありません。以前パーティーで殿下に私たちの婚約を祝福していただいたのにもかかわらず、私が至らないばかりに婚約が破棄されてしまいまして。面目もありません」

目の前にいる御方《おかた》は第二王子のデール殿下。

彼とはパーティーの席で話をした覚えはあれど、挨拶程度の雑談しかしなかったのでその人となりはよく知らない。

とはいえ、人を寄せ付けないオーラを孕んでいるエリック殿下とは対照的で、誰に対しても友好的に接していて笑顔を絶やすことのない、一言で言えば人畜無害を体現された方という印象。

エリック様と同じ銀髪は長く、華奢《きゃしゃ》で中性的な顔立ちも相まって女性に見紛《みまが》うほど美しい容姿も、貴族たちのみならず平民からも絶大な人気を誇っている。

デール殿下に王位を継いで欲しいという話が四大貴族から出ているのは、彼の方が御しやすいと考えられているからだろう。

「謝ることはありませんよ。むしろレイアさんのような素晴らしい聖女が兄上を守っていただけるなど、こんなに心強い話はありません。兄上はこの国になくてはならない存在ですから。どうか、これからもよろしくお願いします」

ニコリと微笑んだデール殿下。どうやら私がエリック殿下の護衛になったことは歓迎すべきことだと思っているらしい。

この方には野心はないのだろうか。エリック殿下の寝首をかいて、次期国王になってしまおうという考えは。

もちろん、こんなふうに兄を想《おも》ったセリフを口にしているから、疑うことは邪推以外の何物でもないのはわかっている。

でも、四大貴族の話を聞いたからか、本心が気になって仕方ない。もちろん、そんな不敬なことを問うことなんてできるはずもないが、彼の笑顔の裏側が知りたくなってしまったのだ。

「はい。エリック様を命を懸けてお守りする所存です」

「命を懸けて、ですか。……それでは今度はゆっくりとお話ししましょう」

ずっと笑顔だったデール殿下は「命を懸けて」という言葉を聞いて少しだけ顔を曇らせる。それは悲しみや、慈しみなどという、様々な感情が混在している顔に見えた。

しかし、すぐに元の笑顔に戻り、そのまま会釈して私の横を通り抜けて行ってしまった。

デール殿下の今の表情は一体なんだったのだろう。背中越しに声をかけて質問したい衝動に駆られたが、私はそれをする勇気は持てず、そのまま執務室へと歩みを進めた。

エリック殿下はもういるだろうか。まずは遅れてしまったことを詫《わ》びて、それからデール殿下の話をしてみよう。


「そうか、デールと会ったのか。どうだ？　何か言っていたのか？」

デール殿下の話を聞いたエリック殿下は素っ気ない返事をした。

彼らの兄弟仲が悪いなどの話は聞いてないけど、二人で会うことは滅多にないと言っていた。それでも、お互いに気になっているところはあるのだろうか。

「いえ、エリック様のことをよろしく頼むぐらいのことしか」

「そうか」

エリック殿下の質問に私が答えると、彼は短い返事をして紅茶に口をつける。

殿下の弟への気持ちは複雑なのだろう。なんせ、エリック殿下を暗殺しようという勢力は、デール殿下を次の国王にすることが目的なのだから。

笑顔を絶やさない、無害な存在だと思いたくとも、置かれた状況から素直に信じきれない自分にもどかしさがあるのだ。信じたくとも信じられないというのはどうにも苦しいのだろう。

「エリックもレイアも顔が暗いヨ！　リンシャの故郷のレン皇国ではすれ違うヒト、全員ぶん殴って敵味方判断してたネ！　それと比べれば、ここは天国の如く平和アル」

「リンシャさん？」

「リンシャ、いきなり何を言っている？」

大真面目な顔をして、リンシャは暗殺者に狙われていて実の弟すら疑わなくてはならないエリック殿下の状況が天国だと断じた。

なんというか、やはり逞《たくま》しいというか、彼女を見ていると清々《すがすが》しい気分になる。良い笑顔を見せる彼女を見て、私はこんなに気持ちのいい友人が持てたことを誇らしく思った。リンシャさんを見ていると自分まで明るくなれる気がする。

「老師はリンシャに寝ながらでも全部ぶっ飛ばせなきゃ、ずっと寝ることになる言ってたネ。でも、ここはちゃんとベッドで寝られるヨ。この国の寝具屋さんがご飯食べられるのは凄いことアル」

「リンシャ、もう一度聞こう。何を言っているんだ？」

「エリック殿下には私やリンシャさん、それにヨハンさんがおります。確かに殿下には敵も多いですが、味方もいますから。こうして皆で安心してお茶を飲めることを幸運だと思おうと、多分、リンシャさんはそう言いたかったのではないでしょうか？」

「そうか……。そうだな。僕とて何もかも疑っていては心の平穏が保てない。君たちには感謝している。僕にとって一番の財産は〝信頼〟なのだ。それと比べれば、〝王太子〟などという肩書など路傍の石に過ぎない。ありがとう、二人とも。僕は大丈夫だ」

私たちに感謝の言葉を伝えるエリック殿下。

〝信頼〟とは財産。それは、そうかもしれない。

婚約破棄されたあの日。やはり私はフィリップ様に信じて欲しかった。

だからこそ、エリック殿下の〝信頼〟できる人間の中に私が入っているのは、素直に喜ばしいことだ。

私も殿下の信頼という名の財産を大事にしよう。そうと心に誓った。

◆

「妙だな」

窓の外の満月の光がレースのカーテンから射《さ》し込む中、いつものように執務室で業務に勤《いそ》しむエリック殿下は突然、そのような言葉を口にした。

今日はいつもよりも私の聖女の務めに時間がかかり、それに付き合っていた殿下の執務も遅れてしまったため、久しぶりに夜に護衛をしている。

それにしても、妙というのはどういうことだろう。静かな夜だし、一昨日から暗殺者も一人も現れていないし、平穏そのものだというのに。

私なんてやることがないから、ただリンシャさんの買ってきた焼き菓子を口に運び、ヨハンさんに勧められた推理小説のページをめくり、平和すぎるがゆえに少し怠けすぎて罪悪感があるくらいだ。

でも、エリック殿下の身に迫る危険がないのだから、王太子の護衛が暇なのはいいことに違いない。

これ、すごく美味しい。今度、この焼き菓子を買った店をリンシャさんに教えてもらおう。

「やはり、妙だ。これほど長い間、誰も僕を暗殺に来ないのは」

「えっ？　そこですか!?」

ガタッと席を立って、窓を開けて外を見るエリック殿下。一体何を言い出したのかと私は驚いてしまった。

暗殺が日常に溶け込んでいる発言は衝撃的過ぎた。思わず、心の中の声が口から出てしまったほどだ。

変といえば確かに変である。私がここに来て一月と少し、春先の時期くらいまではひっきりなしに暗殺者が出てきて、暖かくなるにつれて減ったようなイメージだ。

私はまだ新任だし、そういうこともあるんだなって思っていたくらいで、特にそれ以上の感想は抱かなかった。

「殿下、窓から離れてください。いくら暗殺者がいないとはいえ、そこに立っているのは危険ですぞ」

ヨハンさんが、殿下に暗殺者がいたら喜んで襲撃しようとするような窓際から離れるようにと忠告をする。まったく、殿下は豪胆が過ぎる。

簡単にはやられないという自信があるのだろうが、自ら積極的に危険に飛び込むのは感心できない。

「ああ、すまない。僕が隙を晒《さら》せばアクションを起こすと思ってな」

「だとしても囮《おとり》のような作戦は良くありませんな。殿下に何かあれば本末転倒もいいところではありませんか」

「そうだな。お前の忠告に従おう」

素直にヨハンさんの言うことを聞いて席につくエリック殿下。

意外とこういうところは柔軟な対応をしてくれるから助かる。例えばヨハンさんだけでなく、私やリンシャさんの助言でも正当性があれば受け入れてくれるのだ。

それにしても暗殺者が来なくなった理由か。そんなに深く考えなくてはならないことだろうか。

「エリック、暗殺者叩《たた》き潰せなくて退屈しているアルか？」

「リンシャ殿、そうではない。殿下は最近減ってきていたとはいえ、毎日のように出現していた暗殺者の襲撃がパタリと止んだことに、大きな違和感があると仰せになりたいのだ」

ヨハンさんの言うような違和感がないとは言えないが、私はその理由は単純だと推測していた。

そもそも、今までの状況が異常だったのだから。それが正常に戻った理由は単純ではあるまいか。

「さすがに暗殺者の数が尽きたのでは？　エリック様の命を狙っている方が、暗殺者が無数に出てくる魔法の壺《つぼ》を持ってるはずもありませんし」

単純に暗殺者不足になったのだろうと私は推理した。

暗殺者の相場は知らないけれど、きっと安くはないはずだ。殿下を殺しに行くってことは失敗したら極刑から避けられず、基本一回限り、使い捨ての駒なのだろうから。

更に成功した場合はその報酬、いいえ、恐らくはいくらか前払いもしているだろう。その上、誰にも気付かれずに雇うためには色々と工作しなくてはならないと思うし、それだけで資金は相当かかるはず。

それに普通の人は暗殺者なんかにならないのだから、報酬が払えてもそれを引き受ける人間だって限界がある。私からすると国中の暗殺者を全員捕まえたといっても、おかしくないと思っているくらいだ。

「そうかもしれないな。確かに今月だけでもかなりの人数を収容して、処罰した」

暗殺者がいい加減いなくなったという私の意見に対して、エリック殿下は納得したようなしないような反応を見せる。

そうだ。私が来てからだけでも何十人も捕えているのだ。無数にいるはずないんだから、いつかはいなくなるに決まっている。

でも、エリック殿下にしては歯切れが悪い反応に思えた。何か気になる点があるのだろうか。

私からすれば、今のこの状況ですら既に異常な数の刺客が送り込まれているので、魔法の壺の存在すら疑いたくなる状況ではあるが、そんなはずはない。

「リンシャ、暗殺者もそうじゃない人も沢山ぶっ飛ばしたネ」

「リンシャ殿、それはどうかと思いますぞ。それでは、殿下。我々は外の見回りに行ってまいります」

リンシャさんが聞き捨てならないことを言っていたけど、ヨハンさんがそれに指摘を入れつつ、外へと彼女を連れ出した。

こういうときこそ、外の見回りは重要だろう。こちらの油断を誘っている可能性もあるのだから。

「殿下、他に何か気になることでもあるのですか？　基本的に暗殺者がいなくなったことは歓迎すべきことだと思いますが」

ヨハンさんたちを見送ったあと、私はまだ納得していなさそうなエリック殿下にその理由を質問してみた。

殿下の護衛として不安に感じていることがあれば知っておくべきだと思ったからだ。

「いや、特にない。君の言うとおり暗殺者が尽きた可能性が一番高いと思っている。だが、不届き者がいないことは歓迎すべきことなのに、それを一つの戦果として素直に喜べないのだ。本当にどうかしてると思わないか？」

そういうことか。以前、暗殺者の存在が黒幕に繋がっている唯一の手がかりだとヨハンさんが言っていたが、その存在がなくなるとそこに辿《たど》り着くための道が閉ざされてしまう。

あれだけ暗殺者を捕まえても未《いま》だに黒幕に辿り着かない事実が、エリック殿下は悔しいのだろう。

「やはり、暗殺者の襲撃はなくなったのは黒幕が諦めた、とは考えられませんか？」

顔を曇らせるエリック殿下に、私は彼を暗殺しようと企《たくら》んでいる者が諦めたのではと、口にしてみた。

これだけ沢山の刺客を送って失敗しているのだ。証拠を残さないのは凄いが、失敗続きなのは如何にも具合が悪い。

こちらももどかしいが、黒幕とやらも同じくもどかしく感じているのではないか。

焦ってボロを出して捕まるよりは、諦めてしまおうという発想になってもおかしくないと思う。捕まれば全てが終わるのだから。

「それは、まだ考えられないかな。慎重になっているだけだと読むべきだと思っている。無闇に暗殺者を送ることを止めたにしても新たな手を打ってくることは間違いないだろう」

「新たな手ですか。怖いですね。今までどおり暗殺者にも注意を払いつつ、思いもよらぬ手とやらにも警戒しなくてはならないとは」

確かにそうかもしれない。

これだけの数の刺客を送って駄目だったら、普通はそれを無駄にしないためにどうするべきかを考える。かけてきた資金などがあまりにも大きいのだから。

簡単に諦めたと考えた私が軽率だった。

そうだとすると、今までとは別の、もっと確実な手段を黒幕はとるはず。それがどのような手段なのかは想像もできないが、非常に面倒な状況になりそうだ。

「とはいえ、襲撃がなくなったのは、君のおかげだよ。レイア」

「私のおかげ？　いえ、そんなはずはありません。私が護衛をしている時間など日に一時間から二時間程度なのですから」

エリック殿下は私のおかげで襲撃がなくなったと言うけれど、それはないと思う。

短時間しか護衛の仕事はしてないし、ヨハンさんやリンシャさんに比べたら微々たる貢献度だ。

「それでも、君が護衛をするようになってからというもの、あっさりと暗殺者たちが捕まるようになった。君は気配を察知して行動不能に追い込むまでが他とは比べ物にならないほど速い。これは暗殺者にとって脅威だ」

聖女になるための最低条件は結界を張りながらでも魔物の襲撃を制圧する程度の強さ。

それに加えて、治癒術などの癒やしの力も身につけている。

だから、私は聖女になった時点で両手が塞がっていても、生物の位置を感知して魔法を当てるくらいのことはできていた。

（まさか、その訓練がエリック殿下の護衛として役立つとは夢にも思わなかったわ）

私の存在が暗殺者への牽制《けんせい》になっているのなら、ここに来た甲斐があった。

「君が僕の護衛に徹すればいずれボロが出るなどと、勝手に判断してくれたのかもしれない。それだけ、聖女が護衛というのは衝撃的なことなのだ」

「そういうものですか？」

「そういうものだ。君が側《そば》にいてくれて本当に良かった」

エリック殿下は顔を近付けて私がいて良かったと囁《ささや》く。この状況は少し恥ずかしい。

吸い込まれそうになるほど澄んだ瞳に見つめられた私はハッと息を呑み、またもや目を逸らしてしまった。

私にこのような力などなくとも殿下が笑っていられる日常、そんな日常を送って欲しい。暗殺者が襲撃に来ないことに違和感など抱くなんて悲しすぎるではないか。

殿下を守っている内にそれはいつしか私の願いになっていた。

エリック殿下は正しいことをしている。その正しさのせいで命を狙われている。

だから私は、殿下の日常を平穏なものに戻すことでエリック・エルシャイドの正しさを証明したい。

「エリック様、大丈夫ですよ。一つ戦果が上がったのでしたら、それは前進です。新たな火種が出てようとも、前に進むことさえ忘れなければきっと報われます。いえ、私も報われるように力をお貸ししますから」

私は前進できたことをまずは喜ぶことを提案した。

後ろ向きだとどうしても士気が下がってしまうし、何よりも私だけでなくヨハンさんやリンシャさんも頑張っているのだから。殿下には頼りになる仲間がいるのだと自信を持って欲しい。

「まったく、フィリップはどうして君との婚約を破棄したのか理解に苦しむ」

「フィリップ様がどうかしましたか？」

「いや、君が素晴らしい女性だと言っただけだ」

急にフィリップ様のことを口にしたので疑問に思い尋ねてみたが、殿下は微笑みながらはぐらかした。

笑って誤魔化されると余計に気になるのは私だけだろうか……。

とにかく、静かな夜が非日常であることなど許されてはならないと私は思っている。

どうか、当たり前の平穏がこの方に来るように。

私は窓の外の満月を見ながら神にそんな祈りを捧げたのだった。

◇（エリック視点）

「卑しいな！」

そう僕が友人に対して口にしたとき、僕の羞恥心はどこで惰眠を貪っていたのか、あのときのことを思い出すたびに恥ずかしく思う。

聖女レイア・ウェストリアが僕の護衛になってから、一ヶ月以上の時が過ぎた。

彼女が来たときには所々に雪が残っていたが、今ではすっかり溶けてしまい、外は春ならではの陽気にさらされて、草木は生命力に満ち溢《あふ》れている。

はじめは借りてきた猫のようにおとなしかったが、時間が経つにつれ緊張もほぐれてきたのか、レイアという女性はよく動き、よく考え、そしてよく笑うようになった。

今ではヨハンやリンシャとも仲良くなり、執務室で会話を楽しむ姿も見かける。

「どこかまだ痛みますか？」

「膝がやられてしまってのう。上手く動かないんじゃ」

「なるほど、すぐに治します。聖なる光よ、癒せ！」

「おおお！　町の治癒師では治せなかったワシの膝が！　あの頃の若さを取り戻したわい！」

週に一回は必ず、王都付近の町の教会で傷付いた人などに癒やしの魔法で治療をするレイア。

彼女の治癒魔法は結界魔法と同じく重宝されている。

特筆すべきはその術の精度。同じ魔法でも彼女が使えば並の魔術師以上の効果を発揮していた。

「さっきの治癒魔法、どういうからくりなんだ？　町の治癒師がことさら怠慢というわけではないのだろう？」

「そうですね。魔力を集約させて患部に集中的に治癒魔法が当たるように工夫しているんですよ。同じ魔法でも一点に集中させるのと、させないのとでは、効力に差が出ますから。ただ、一極集中するのは繊細な魔力操作が必要ですので、コツを摑むのが難しいんです」

なるほど。確かに川の流れも幅を小さくしてやると、同じ量の水でも傾斜を変えずして流れが速くなる。

レイアの魔法もそれと同じで一点における術の威力を集中させることで、効果を強めているということか。

彼女の魔力は聖女になるだけあって、他の追随を許さぬほど大きなものだ。にもかかわらず、それに満足することなく鍛錬を続けて、工夫を積み重ねて成果を出している。

これほどの努力家を僕は見たことがない。

先日は結界を張ると同時に荒れた大地を直すという離れ技をやってのけたし、聖女として申し分ないどころか十分すぎる成果を僕に見せつけた。

この一ヶ月あまりでフィリップの言葉からレイアの受けた汚名は、完全に風聞であることがわかったのであるが……。

僕は情けなかった。フィリップを責める資格などないのではないかと。

こんなにも真摯に努力し、国のために尽力している女性を噂話《うわさばなし》を真に受けて糾弾したのだ。そんな男が正義を語れるのかと、疑問を感じているのだ。

恥ずかしい。フィリップに対して僕は道義について説いた。

だが、僕はレイアに対して義を通しているだろうか。

もちろん、彼女は僕を責めはしない。不当に糾弾したことすら許してくれているという。

それは僕が王太子だから許したのではなく、彼女の懐が深いからこその慈悲なのだろうが、日が経って、レイアの頑張りを見れば見るほどに僕は堪《たま》らない気持ちになっていた。

「君は聖女として十分すぎる成果を残している。それでも、まだ研鑽《けんさん》を続けるのかい？」

今日の務めを終えて、いつものように執務室で護衛としての業務を行っているレイアに僕は質問した。

誰もがレイア・ウェストリアの優秀さを認めている。聖女としての能力も十二分であるのは、彼女を聖女に選んだ教会は僕以上に知っているだろう。

にもかかわらず、黙々と次のステップに進もうとしている彼女のひたむきさ。僕には不思議でならなかった。

「別に誰かに認められたくてやっているわけではありませんから。多分、私はエルシャイド王国が好きなんだと思います。好きなもののためだったら頑張ることってそんなに苦しくないんですよね」

「レイアはこの国が好きなのか？」

「もちろんです。美しい草木、先人たちの残した歴史的な建造物、それに町の人々の笑顔。見ていて自然に素敵だなって思えるのです。だからかもしれません。どんなに家が居心地が悪いと感じていても、不思議と国から出たいと思ったことはないんですよね」

強い瞳に秘めたそのひたむきさの正体を知った気がした。

レイアは見返りを求めていないのだ。好きだから、その好きなもののために頑張っている。

シンプルだが、強烈な動機だと思う。利己主義なのか、利他主義なのか、その辺りはよくわからないが、好きなことだから頑張れると言われれば、僕はそれ以上言及することはない。

（とんでもない女性を護衛にしたものだ。僕の糾弾など意に介さないのも頷ける）

あのときの君が僕から何を言われても簡単に跳ね返してみせたのも当然だ。

圧倒的に自信があるんだから。自分の道を突き進んでいる自信があるから迷いがないんだ。

「どうしました？　そのようなことを聞いて。何か悩み事ですか？」

「いや、そうじゃない。どうして、こんなにも器の大きさが違う相手に喧嘩《けんか》を売ったんだろう、と自分のことを笑っているだけだよ」

まったく笑えてくる。自分の行いを振り返るほどに。

誤りだと気付いたとき、本当はもっときちんと謝罪したかった。

（――レイア、君が許しても僕は己を許せないんだ）

だが、それを口にすることはできない。これは自分の弱さが招いた結果だからだ。

この業は自分で背負わなくてはならない。少なくとも僕がこの国の王太子として、納得できるような成果を上げたと君に胸が張れるまでは。それが僕なりの責任の取り方だ。

「殿下、誰でも間違いますよ。私だってそうですし。でも、間違って反省するから成長するんじゃないですか」

「……レイア？」

「あの日のことを後悔なさっているんでしょう。エリック殿下と過ごして少しは殿下の性格を理解したつもりです。ふとしたときの表情や言葉から、私が許してもご自分が許せないのだと容易に想像ができます」

見透かされていたか。

まだ一ヶ月の付き合いなのに僕のことをよく見ている。観察しようと近づいたのは僕の方だというのに、これでは立場が逆ではないか。

僕はどうやら自惚《うぬぼ》れていたみたいだ。まだまだ自分が未熟であることを理解していなかった。

「しかし、こうやって殿下とのんびりお話できますし。暗殺者には当分、大人しくしてもらって欲しいものですね」

「そうだな。そういえば、こんなに穏やかな気持ちでいられるのも久しぶりだ」

君と二人きりで何気ない会話をする時間。

それが僕にとってどんなに貴重なものだと感じているのか、上手く言葉に表せるだろうか。

幸福というモノについて、考えたことはなかったが、今の胸の中にあるフワリとした温かな気持ちこそが、それなのではないかと僕は自然に理解した。

◇（ジル視点）

レイアお姉様は本当に意地が悪い方です。

先日、わたくしを馬鹿にするためにわざわざ出戻りをしてきたフリをして家を訪れたとき、お姉様の本性を確信しました。

お姉様はわたくしのことがお嫌いで、今までもわざと嫌がらせを続けていた、と。

信じていましたのに。レイアお姉様に限ってそんなことはないと、お母様にも常々大丈夫だと気丈に振る舞ってきましたのに。

こんなのって酷すぎますわ。

『聖女レイアにエリック殿下がご執心らしい』

『いつも一緒にいるみたいよ、あの二人』

『遂《つい》にエリック殿下も身を固められるのか、めでたいな！』

『もしや、あの婚約破棄はエリック殿下と結ばれるためのものだったのでは!?』

『なにそれ、素敵！　そんな素敵な婚約破棄があったなんて想像もしなかったわ』

そして間もなく、レイアお姉様がエリック様から寵愛《ちょうあい》を受けられているというお話が耳に届きました。聖女として頑張っているから、エリック様はレイアお姉様のお側をずっと離れないし、放さないとも。

どうしてこの世界はレイアお姉様にばかり都合が良いように回っているのでしょうか。

婚約破棄された傷心を利用して、わたくしの憧れの人に近付いて、計算高く心を奪うとは、どんな悪女もお姉様の手際には舌を巻くでしょう。

このように狡賢《ずるがしこ》いことを、努力というのなら世の中というのは理不尽にできていますわ。

狡猾《こうかつ》なことをしているお姉様が全部お得なことを持っていってしまわれるせいで、わたくしは損ばかりしております。

フィリップ様を押し付けられているのもそうです。あんなに怖い本性を見せつけられて、わたくしは怖い思いをしているのに。

エリック様、なんでお姉様となんですか。ジルが聖女じゃないからですか……。

はぁ、神様に嫌われるとこのような仕打ちを受けるのですね。

わたくしもレイアお姉様のように神様に愛されて、何でも手に入るような人生を少しでも歩みたかったです。本当に素直な正直者が損する世界なんておかしいですわ。

悲しくて、悲しくて、何があっても楽しくありませんの。

はぁ、どうしてこうなってしまったのでしょうか。

「……ル、ジル、おい、ジルよ。聞いているのか？」

「あれぇ？　フィリップ様ぁ、何か仰せになりましたか？」

びっくりしましたわ。わたくしがちょっと考え事をしていたら、フィリップ様が目ざとくそれを見つけて指摘してくるのです。

今日だけでも、もう四回目。そんな怖い顔をされると泣いてしまいますの。

お父様に頼まれて婚約者であるフィリップ様と仕方なく会食しておりますのに。悲しくて、悲しくて、食事の味がわかりません。

それにフィリップ様が、また怒りっぽくなったので全然楽しくありませんの。男性とは、女性に対して、お食事を楽しませる努力をすべきだと前に本で読んだ記憶があります。

以前はフィリップ様も面白い話をされたり努力をしてくれたのですが。今ではそんな様子はなくなってつまらない話しかしませんの。

今も何かよくわからない話をしていたみたいですが、険しい顔つきになっていて怖いですし、こんな方の話など聞きたくありません。

睨まないでくださいまし。そんな顔をされると体が震えて動けなくなります。

「ジル、そういうの良くないと思うぞ。俺だって我慢してるんだから」

「が、我慢ですかぁ？　フィリップ様は何を我慢されているのですか？」

フィリップ様は何かを我慢していると口にします。

彼が何を我慢しているのか、わたくしにはさっぱり見当がつきません。

公爵家の嫡男ですし、何一つ不自由なく恵まれた方だと思っておりましたから。

それに、我慢しているのはわたくしの方ですわ。怖いフィリップ様のお側を離れずにいるのですから。

もっと褒められて然るべきですのに、フィリップ様はわたくしに文句を言われます。

これが最近耳にする精神的嫌がらせというやつでしょうか。

そうなのでしょうね。ジルベルト家と我がウェストリア家では格が違いますから。

きっとわたくしが嫁に行ったら更に虐めるおつもりなのでしょう。想像するだけで気分が悪くなってきそうです。

「そりゃあ、お前と婚約してることに決まってるだろ？」

「えっ？　わ、わたくしとの婚約が我慢ですって？　どうしてそんな酷いことが言えますのぉ？」

わたくし何も悪いことをしていませんし、そもそもフィリップ様の方から求婚してこられたのに、そんな言い方あり得ませんわ。

「何を言っているんだ。お前もそうなんだろ？　俺と婚約してることが不満だから俺の話を聞かないんだ」

「そ、そんなぁ。わたくし、そんなこと一言も申しておりませんの。それに、わたくしと我慢して婚約しているなんて酷すぎますわぁ。ぐすん……」

「そうやって、すぐに泣く。泣きたいのは俺だってのに。くそっ！」

わたくしと嫌々婚約しているとフィリップ様に断言されて、悲しくなって涙が出てきました。

わたくし、ずっとエリック様ではなくて、フィリップ様の婚約者になった悲しみを口にしないように我慢し続けていましたのに。

やっぱりどう考えてもこれは精神的な嫌がらせです。こうやって、理不尽なことを言ってわたくしの精神を弱らせることが目的なんですわ。

前に本でそう書かれていたのを読んだ記憶がありますもの。間違いありません。

「フィリップ様ぁ、どういたしましたのぉ？　前までは泣いていても優しく話を聞いてくださる方でしたのに、人が変わられたみたいですわぁ。一体、何の恨みがわたくしにありますの？」

「恨みだって？　おいおい、ジル。なぁ、もしかしてさ。お前、声に出さなきゃ問題ないとでも思ってる？　俺の顔を見るたびにため息、エリック殿下の話題が出るたびにため息。常に俺が話してるときは空返事ばかりの上の空。どんなに鈍感でも気付くぞ。お前が俺との婚約を嫌がってるって」

なんで、こんなに怖い態度ができるのでしょうか。

わたくしの心の中を勝手に想像してあたかも事実のように話すのです。ちょっと考え事していたことから、あり得ない想像でそこまで決めつけるとは、どうかしていますわ。

それではわたくしが、性悪な女で常に不満を顔に出しているようではありませんか。まるで悪者扱いです。

フィリップ様が怖いですわ。こんなに怖い方とお父様の命令で結婚しなくてはならないなんてあり得ませんわ。わたくしの人生はやはり悲劇として描かれているのでしょうか。

ああ、わたくしもお姉様のように華々しく美しい人生だったらどんなに良かったでしょう。

神様、わたくしが何か悪いことをしましたか？　わたくしは普通の幸せが欲しいだけですの。

こんなに無欲で真面目に生きているだけで、どうしてここまで酷い仕打ちをするのでしょうか。

「はぁ、なんで、わたくしだけこんな目に、ぐすん。なんで神様はお姉様ばっかり贔屓《ひいき》するのでしょう、ぐすっ……、ぐすん」

「ったく、またか。都合が悪くなるとすぐそれだ。父上には、ジルと結婚をすることでエリック殿下に誠意を見せろと家を継ぐ条件みたく言われたし。こいつがこんな面倒な女だと知っていれば、俺も素直にレイアと結婚して幸せになれたものを」

フィリップ様の悪態が止まりません。

勝手に婚約破棄されて、わたくしに求婚して、別れて、頼み込んでもう一度婚約したにもかかわらず、あんまりな言動です。

わたくしと結婚したら幸せになれないなんてよく言えたものです。自分勝手にもほどがありますわ。

「フィリップ様が勝手にお姉様と別れておきながら、それは酷いですわ。ぐすっ、ぐすっ……、何でわたくしだけこんな目に遭わなくては。お姉様……、なぜ、お姉様だけ幸せになりますの？」

いつだってお姉様は幸せを手にしていますし、人生が楽しくて仕方がないでしょうね。

いいとこ取り人生のレイアお姉様。そして、その逆の人生のわたくし。

離れてしまえば気にならないと思っていましたが、やはり王宮にお姉様が住んでいると想像するだけで胸が締め付けられるので、気分は最悪です。

「ま、お前はエリック殿下に近付かなくて正解だけどな。殿下はずっと暗殺者共に命を狙われているし、腕利きの聖女のレイアならまだしも、お前なんか危険なだけだし」

「暗殺者に狙われて？」

知りませんでしたわ。エリック様が暗殺者に狙われていたとは。

だから、お姉様が護衛を？　では、レイアお姉様にもしものことがあるかもしれないと。

いけませんわ。わたくし、いけない想像をしまいました。

お姉様が暗殺者に殺されてしまえば良いと。そうなれば聖女の試験はもう一度開催されて、わたくしが聖女になれます。

お姉様に取られたものを全部返してもらうことができるのです。

でも、駄目ですわ。人が殺されるのを願うなど性格が悪いみたいで嫌ですの。

レイアお姉様は確かに狡賢くわたくしよりも沢山の幸せを手にしていますが、殺されるほどのことはされていませんから。

……でも、わたくしのこの惨めさを考えたら、お姉様のした仕打ちはどうなんでしょう？　いえ、駄目ですわ。それは駄目ですの。

「とにかくお互い親の顔を立てるために我慢してるんだ。子供も作らなきゃならないんだし、お前も少しは大人になれ。俺はお前のために言っているんだぞ」

「…………」

フィリップ様、いつの間にか、わたくしのこと「お前」って呼んでいませんか？　そんな乱暴な呼び方をされると悲しくなってしまいますぅ。精神的嫌がらせここに極まるですわ。

こんな方と子供を作らなくてはならないなんて――汚らわしいですし、素直に子供を愛せる自信がありません。フィリップ様みたいな目つきが悪いモジャモジャの毛の赤ん坊なんて可愛くありませんし。

なんてわたくしは不幸の星の下に生まれたのでしょう。

「おい！　聞いてるのか!?　流石にお前の父親の伯爵殿に苦情を言うぞ！」

「ひぃぃぃぃっ！　大きな声はやめてくださいまし！」

涙が止まりません。大きな声はやめて欲しいと何度伝えたらわかってくれるのでしょうか。

これはどう考えてもわざととしか考えられませんわ。

こうやってまずはわたくしの精神を殺してから、言いなりにさせるおつもりなのですね。前に本で読んだことがありますもの。

何で、わたくしばかり酷い目ばかり遭わねばなりませんの。

神様、これは試練なのですよね？　乗り越えれば、本当に良いことはありますか？　損ばかりしていて、そのままという可哀相《かわいそう》なジルにはなりませんよね？

このままだと、わたくしは精神的にやせ細って死んでしまいますの。フィリップ様とレイアお姉様に殺されてしまいます。

ううっ……、吐き気がするほど気持ち悪くなってきましたわ。

いつになく威圧的なフィリップ様との会食。

こんな方と結婚せねばならないという悲しみがわたくしの心を打ちのめします。

ただ、時間が過ぎるのを待つだけの作業。わたくしにとって、フィリップ様との会食は感情を殺す訓練のような苦行になっておりました。

そのとき、コンコン、と個室のドアをノックする音が響きます。

「フィリップ様。ぜひ挨拶したいとお客様がいらしております。お通ししてよろしいでしょうか？」

「誰かな？　まぁいいか。通してくれ」

「フィリップくん、久しぶりだねぇ。君がこの店にいると聞いてちょっと挨拶に来たんだ」

「これは、これは、ベルクライン公爵ではありませんか。こちらの店を利用されるとは、珍しいですね」

わたくしたちの会食しているレストランの個室に大貴族の一人、ジェイド・ベルクライン公爵が現れました。

年齢はまだ二十代で、若くして亡くなった父親の跡を継いだという彼。その整った顔立ちも相まってエリック様と並ぶほど女性からの人気があります。

公爵の地位を継ぐ前に婚約者が病死して以来、ずっと独り身を貫いておられましたから、浮いた噂はございませんが。

そんな彼は社交界に顔を出す程度で、あまり王都にも来られないと聞いていましたので、わたくしもいきなり彼が現れて驚きました。

「はっはっはっ、たまには王都の味も楽しみたいと思ったまでだよ。私のような田舎者は都会の店は似合わんと言いたげだね？」

「いえ、まさか。そんなはずないではないですか。公爵殿もお人が悪い」

「あはは、すまない。つまらない冗談を言ってしまう性分なのだ。へぇ、彼女が君の婚約者か。確か君はウェストリア伯爵のお嬢様ではありませんか？」

「ジル・ウェストリアですわ。一度しかご挨拶していませんのに覚えていただけて光栄です」

なんとベルクライン公爵はわたくしの顔を覚えてくださっていました。

大人の魅力というのでしょうか。怒ってばかりのフィリップ様と違って、とても格好良く見えてしまいます。

そのきれいな黒髪も眼鏡越しでもわかる鋭い眼光も、とても素敵でわたくしはつい見惚《みと》れてしまいました。

「美人の顔はどうしても覚えてしまうのだ。なんせ、私はまだ独身。良縁に飢えてしまっているからねぇ。いやー、フィリップくんが羨ましいよ」

「そ、そんな羨ましがられるようなことではありません」

フィリップ様、わたくしのことを貶《おとし》めた手前なのか、ベルクライン公爵の言葉を素直に呑み込めないでいるみたいですわ。

わたくしに嫌味な態度を見せることで、愛情がないことを示しているのですね。言葉に出さなくてもわかりますの。

それにしてもベルクライン公爵は大人で格好いいです。こんな方の婚約者になりたかったですわぁ。

わたくしのことを美人で結婚したいと仰ってくださいましたし。

本当に彼のような余裕と包容力のある方がわたくしの婚約者なら、お姉様のことで気に病むこともなかったはずですのに。

「公爵殿、ちょうど会食を終えるところなので、失礼してもよろしいでしょうか？」

「なんだ、せっかく会えたのにもう帰るのか」

「ええ、残念ながらこれから予定があるので。ジル、行くぞ」

食事を開始してちょうど二時間。フィリップ様はわたくしといる時間が苦痛だと感じているのでしょう。

それに、ベルクライン公爵の雰囲気に苦手意識があるのか、早々に食事を切りあげようとします。

わたくしとしても、意地悪なフィリップ様との食事は苦痛でしたのでありがたいのですが……。

「そうか、それじゃあフィリップくん。また会えたら、今度はゆっくり話をしよう」

「は、はい。それは是非とも。王都の美味しい店を紹介させてもらいますよ。はははは」

ベルクライン公爵から握手を求められて、引きつった顔でそれに応じるフィリップ様。

やはり、こうやって見比べるとフィリップ様の見た目は何というか貧相です。

どうしても白い歯を見せて微笑む、ベルクライン公爵ばかり見てしまいます。

「ウェストリア家のお嬢様も、またお会いしましょう」

「あ、はい」

ベルクライン公爵はわたくしの目をまっすぐに見つめて、手を差し出します。

もちろん、わたくしは彼の手を握りましたわ。彼の手は大きくて、頼り甲斐《がい》があり……、これはなんですの？

握手した手の中に何やら紙の感触がしました。も、もしや、わたくしに秘密のお手紙をお渡しになられましたの？

（――な、なんてロマンチックなんでしょう）

ベルクライン公爵のような素敵な殿方からこっそりお手紙を渡されるなんて。

「…………ル！　ジル！」

「はっ!?　フィリップ様、何か？」

「何か、ではない。何を最後までボーッとしている？　帰るぞ。ったく」

フィリップ様はすぐ怒るので怖いですわ。でも、早く秘密のお手紙を読みたいのでわたくしは彼に従いました。

「それでは、また。待っていますよ」

ニコリと笑って耳元でそう囁くベルクライン公爵に、わたくしはつい返事をしてしまうところでした。

「おい、何をやっている。ベルクライン公爵、すみません。うちの婚約者が」

「きゃっ!?」

そのままフィリップ様に連れられて、お店の外に出ると彼は義務を果たしたとばかりに、一人でジルベルト家の馬車に乗り込んで帰ってしまわれました。もう、送り迎えすらしてくれないとは、わたくしのことを馬鹿にしているとしか思えません。

なぜ、婚約者と食事に出かけたのに自分の家の馬車で、ひとり寂しく帰らねばならないのでしょうか。

こんな扱いを受けるくらいなら、ベルクライン公爵ともう少しお話ししたかったですわ。

（あっ!?　公爵様からの手紙!?）

そうです、彼からのお手紙がありました。早く読んでみましょう。

『君の友人のアルマー男爵家で待っていてくれないか』

（これはなんですの？）

王立学校で友人となったキャロル・アルマーの実家であるアルマー男爵家で、なぜベルクライン公爵を待たねばいけないのでしょうか。

まったく意味がわかりません。ですが……。

「ジルお嬢様、このままお屋敷にお戻りになられますか？　それとも、どこか他に寄るところでもありますでしょうか？」

「キャロルの家に行ってくださいまし！　早く！　キャロルの家に！」

わたくしは馬車をキャロルの家へと進ませました。

なぜベルクライン公爵がわたくしにキャロルの家に来て欲しいのかはわかりませんが、居ても立ってもいられなかったのです。

三十分ほど馬車を走らせて、わたくしはキャロルの住むアルマー男爵の屋敷に着きました。

「まぁ、ジルじゃない。本当に来ましたのね。あの方の仰るとおりでした。どうぞ、おあがりください」

キャロルはわたくしが来ることを知っていたみたいでした。

彼女の父親と母親も笑顔を浮かべて出迎えてくれます。挨拶をしたのち、わたくしは彼女の部屋に入ります。

「会うのは王立学校を卒業して以来ですね。偉大なるジェイド様とはもうお話されましたか？」

「いえ、まだですが。ベルクライン公爵をジェイド様とお呼びになられていますの？」

これはまた、キャロルは彼と随分と深い仲なのでしょうか。ファーストネームで呼んでいるとは。

そんなことを考えていると、部屋にノックの音が響きます。

「入ってもいいかい？」

「どうぞお入りください。ジェイド様」

この声はベルクライン公爵。こちらで待っているように言われたので、まさかとは思っていましたが……。

「ど、どうしてこちらにベルクライン公爵が？」

「ジル、うちはジェイド様に大変お世話になっていますのよ。ですからジェイド様が王都で何か用事があるときは、アルマー家は全力で支援しております。今日もあなたが来るからって家を貸して欲しいと仰せになられましたので、協力していますの」

「そういうことだ。驚かせてすまないね」

よくわかりませんが、キャロルの家はベルクライン公爵を支援しているとのことです。

「キャロル、君の部屋に来て早々で悪いが、ジルと二人きりにしてくれないか？」

「ええー。そんなぁ。でも、ジェイド様の言いつけはお守りしますわ」

「ありがとう。君のお父様にも後で何かしらの礼をすると伝えてくれ」

「はい！　もちろん、父にも伝えておきます！」

ベルクライン公爵はキャロルの部屋に入って早々に彼女を部屋から追い出しました。

キャロルったら、あんなにだらしない顔をして。確かに、ベルクライン公爵に見つめられて照れてしまうのは仕方ないかもしれませんが。

彼女は素直に部屋を出て、わたくしはベルクライン公爵と二人きりになりました。

「隣に座っても良いかい？」

「は、はい」

白い歯を見せて微笑みかけるベルクライン公爵にわたくしは思わず息を呑みます。

こんな素敵な方がいらっしゃったなんて。

「いやー、僕は田舎者だからね。アルマー男爵みたいな私の信奉者に家を借りて密談に利用することはよくあるんだよ。我がベルクライン家と仲良くしてくれる貴族は多いからね。この家は特に夫人と娘さん共々、私の命令をよく聞いてくれるから居心地がいいよ」

「そ、そうなんですか」

アルマー男爵がベルクライン公爵の「しんぽうしゃ」というのはよくわかりませんが、どうやら彼はこちらの家と仲睦《むつ》まじいみたいです。

それに他の貴族の家とも仲良くしていると。ウェストリア家とは交流がありませんのに。羨ましいですわぁ。

でも、わたくしと二人きりになるためにわざわざキャロルの部屋に呼んだということは、やっぱりベルクライン公爵はわたくしのことを気にいってくださったのだと思いますの。

「ジル、君は美しいな」

「えっ？」

「あ、いや、失敬。つい本心が口から出てしまったよ」

美しいと言われましたの。ベルクライン公爵から美しいと。

嬉しすぎて、心臓の鼓動がドンドン速くなります。

「あ、あのう、ベルクライン様？」

「ジェイドと呼んでくれないか？　頼む、そう呼んでくれ。君の可愛らしい声で私の名を呼んで欲しいんだ」

「は、はい。ジェイド様」

か、顔が近くて、吐息がかかり、まともに顔が見えません。もしかして、ジェイド様はわたくしのことを？

もしそれならば、こうやってわたくしと二人きりになられた理由にも納得がいきます。

「ジェイドと呼んでくれて、ありがとう。君のことを覚えてると言ったが、実は挨拶をしてくれたからだけじゃないんだ。……教会に頼んで君の聖女選抜試験の成績を見せてもらったんだが。魔法学で優秀な成績を残している君が聖女になれなかったことが、どうしても私は納得がいかないと思ってね。君にそれを伝えたかったんだよ」

「――っ!?」

「つまり私はなんでそれほどでもない君の姉が合格で、君が不合格だったのか、ずっと疑問を抱えていたのさ」

「ジェイド様はわたくしの方がお姉様よりも優秀だと評価してくださったのですか？」

黒い瞳でジッと見つめられて、彼は……ゆっくりとこちらに近付かれます。

そして、わたくしの頭を優しく撫《な》でました。

「ああ、もちろんそう思っているよ。君は優秀だ。私は君の実力を、特に毒魔法《アークポイズン》の実力を買っていてね。教会にもコネがあるから是非とも聖女に、と推したかったんだが……」

「わ、わたくしを聖女に、ですか？」

「残念ながら、君のお姉様が三人目の聖女になってしまった。国のしきたりで聖女の定員は三人まで。補充するのは聖女が引退したときか、もしくは――死ぬときだ」

し、知らなかったです。ジェイド様がまさかわたくしをそこまで買ってくださっていたなんて。

そうだったんですね。やはり、お姉様さえ聖女にならなければ本当にわたくしが聖女になれたの

ですね。

レイアお姉様さえ、いなければ。わたくしは今頃、こんな惨めな思いをしなくて済んだのです。

「聖女レイアさえ、いなければなぁ」

「えっ？」

心の中の声が見透かされたのかと思いました。

ジェイド様はわたくしの頭を撫で続けて、優しく声をかけます。

「すまない、独り言だ。もっと君のことが知りたいな。教えてくれないか？　君のことを全て」

「んっ……」

軽くジェイド様と口づけをして、わたくしはその後のことをほとんど覚えておりません。

ジェイド様はわたくしのことを見てくださっている。わたくしのことを認めてくださっている。

わたくしは身も心もジェイド様に預けたくなっていました。

第3章

不穏な影

エリック殿下の護衛となり、一ヶ月半ほどの時が経過した。小鳥の囀《さえず》りとポカポカとした春の陽気が気持ち良く、二度寝をしてしまいそうになる休日の朝。

しかし、今日は起きて間もなくだというのに頭がはっきりしている。というか、頭が痛い。

理由は一通の手紙。差出人は義母のエカチェリーナだった。

どうやら、私と二人で会いたいらしい。もちろん、こんなことを言われたのは初めてのことだった。

（一体、どんな用件なのだろう？　なんだか面倒事に巻き込まれそうな予感がするわ）

エリック殿下も私と同じ予感がしたのか、義母に会いに行く旨を伝えると彼は訝《いぶか》しそうな顔をした。

「母上に会いに行くのかい？　嫌いな人にわざわざ会いに行かなくてもいいんじゃないか」

「そうかもしれませんが、相談したいことがあると言われて行かないわけにはいきません。聖女が母親の願いを無下にするなど、如何《いか》にも薄情ではありませんか」

殿下は私が義母に会いに行くということが理解できないみたいだ。まぁ、殿下なら会いたくもない人にわざわざ会いに行くなんてしないだろう。

エカチェリーナのことは確かに苦手だし、会いたいかと問われれば会いたくはないというのが本音である。

でも、家族が相談があると言っているのに、それを聖女である私が無視するわけにもいかないと、休みの日である今日の昼頃に会う約束をしたのだ。

さすがに相談があると言っておいて、小言を言うようなことはないと思いたいけれど、あのエカチェリーナだから油断はできない。嫌味の一つくらいは覚悟しておいた方がいいだろう。

「うーん。相談したいときたか。君の母上は君に相談などするようなタイプではないと思ったが、何か裏があるんじゃないか？」

さすがはエリック殿下。ほとんど面識がないにもかかわらずエカチェリーナの人間性をよく理解している。

殿下の言うとおりエカチェリーナは、本来なら死んでも私に弱みは見せないに違いない。

エカチェリーナはプライドが高く、何よりも私への敵愾心《てきがいしん》が強いから。相談なんて絶対にする人ではないのだ。

だから殿下も相談があるという言葉に違和感を抱いたのだろう。

「仰《おつしや》るとおりです。だからこそ、心配というか気になりました。そんな義母がどうして私などに相談を持ちかけるほど何に追い詰められているのか。何かウェストリア家で良くないことが起きているのではないかと」

不可解な行動をエカチェリーナが取るということは、すなわちそれだけの事態が起こっているということ。

下手するとウェストリア家に関わる重大な話かもしれないから、私はそれを知っておく必要があった。

要するに理解ができないから怖いのだ。無視したら更に面倒なことになりそうだともいえる。

「うん。違和感を把握しているならそれでいい。レイアなら心配はないと思うが、気を付けるんだ。なんならリンシャを護衛として出そうか？」

「リンシャ、誰でもぶっ飛ばすヨ～」

エリック殿下が護衛を付けると言うと、リンシャさんは腕をブンブン振り回して白い歯を見せた。

ああ、エカチェリーナが何か悪態をついたら空まで吹き飛ばされてしまいそう。

そうなったら、逆にリンシャさんに迷惑がかかってしまう。今回は遠慮してもらった方が良さそうだ。

「いえ、一人でも大丈夫ですから。お気遣いいただき、ありがとうございます」

身を守ることはできるし、何よりも必要性を感じていない。

エカチェリーナが興奮して素直に相談事を話さなくなるのも面倒だった。

こうして私は義母に会いに向かった。

しかし、エカチェリーナと二人でゆっくりと話をするなど、何年ぶりだろうか。すぐには思い出せないということは、かなり前だろう。

妙な緊張感を胸に抱きながら、私は義母と顔を合わせたのだった。


「レイア、よく来てくれましたね」

「お義母様《かあさま》、ご無沙汰しております」

待ち合わせ場所として指定されていた、王都で人気のレストランの前で待つこと数分、エカチェリーナは姿を見せた。

ちょっと痩せたように見える。それにいつものような刺々《とげとげ》しい空気がなりを潜めているようにも感じた。

（しおらしいというか、なんというか……）

どうにかして私に取り入ろうとしているような感じが見受けられた。やっぱり何か企《たくら》んでいるのだろうか。

そんな無理やり笑顔を作っている義母の姿に、私は戸惑いを感じている。はっきり言って不気味だ。

「コホン、あなたに相談というのは他でもありません。ジルのことです」

「ジルが何か？」

（ジルのことで私に相談？）

ますますわからない。エカチェリーナは私がジルを虐《いじ》めていると信じきっていた。

あの子のことで私にどうしろと言うのだろう。

「あの子、浮気をしているかもしれません」

「――っ!? ちょ、ちょっと待ってください。お義母様。その話が本当ならここはまずいです。店内に移動しましょう」

「え、ええ。そうね。ここじゃまずいですね。迂闊《うかつ》でしたわ」

迂闊にもほどがある。なんという爆弾を私にぶつけてくるのだろうか。

私のことをからかっているのかもしれない。いや、それはないか。エカチェリーナがジルが浮気したなどという嘘《うそ》をつくはずがない。

しかし、本当だとしたら誰と？ 全然、想像がつかない。予想外の相談内容に混乱しつつ、私はエカチェリーナと店内に入っていった。


お昼より少し早めの時間のため、店の中はまったく混雑してなかった。

「あの、本当にジルが浮気などしたのですか？ にわかに信じられないのですが」

レストランの個室に入り、オーダーした紅茶に口をつけて、一旦自分を落ち着かせた私はエカチェリーナに相談事について聞き直した。

何かの間違いだと私は思っている。だって、公爵家の跡取りであるフィリップ様を差し置いて、そのようなことをする理由がない。ジルは理想の高い子だから。

「私だって、信じたくありませんよ。しかし事実なんですから仕方ありません」

しかし、エカチェリーナはそれが事実だという。まぁ、本当なのは間違いなさそうだ。カップを持つ手がワナワナと震えていたし、私に相談するくらいだ。

（相手はどんな方なのかしら？　あの子が相手にするくらいの人ってことは、相当な容姿、身分をお持ちの方のような気がするわ）

でも、フィリップ様と同じかそれ以上に家柄が良い人って、王族か大貴族くらいしかいない。だから私は混乱している。

「……相手はベルクライン公爵です。私が雇っている密偵が教えてくれました」

「べ、ベルクライン公爵って、まさか、そんな⁉」

若くして父親を亡くし、二十代で公爵の地位を継いだジェイド・ベルクライン。

まさか、あの若き公爵がジルと浮気なんて信じられない。噂《うわさ》好きの貴族たちが喜びそうな話だと思うが、あまりにも衝撃的で現実感がない。

確かにベルクライン公爵は、端正な顔立ちで若い女性から人気があるし、婚約者も亡くして、独身を貫いている。

ジルからすればかなり魅力的な男性だろう。しかし、その前に気になったのは。

「あの、お義母様。ジルに密偵など付けていたのですか？　何かそのような噂でも？」

私はジルに密偵を付けているというエカチェリーナの言動にも驚いた。

そもそも、ジルに疑わしい様子でもあったのだろうか。

「いえ、そうではありません。あなたが誰もいないところでジルを虐めているという証拠を摑《つか》むために、何かあったときにジルを守ることができるために、雇った人です。依頼料を先払いしていましたから、あなたが王宮に行っても護衛代わりにつけていたのですよ」

そういえばジルをこっそりと護衛している方がいたような気がした。

あの人が密偵だったのか。私は気配を察知できるからすぐに気付いたが、何者なのかとずっと疑問だった。

(まさかそんなことのために自らの娘を尾行させるとは思っていなかったわ)

それなら、私があの子を虐めてなどいないってわかっていたのではないだろうか。

いえ、そんなことはこの際目をつぶろう。今、大切なのはジルの浮気問題だ。

「それで、あのベルクライン公爵とジルはどうやって浮気などに発展したのですか? 接点がないように思われますが」

ベルクライン公爵はかなり遠方というか、地方に住まいを持たれており、そこで領地を管理している。

王都にはあまり来ていないと聞いているし、どうしてそんな関係になれたのだろう?

「フィリップ様との会食時に出会われたみたいです。その日からどういうわけか、夜中に家を抜け出して何度か密会しています」

（フィリップ様との会食のときに出会った？　それだけで密会をするまで、話が発展するだろうか？　何か作為的な感じがするわ）

義母の話を聞けば聞くほど疑念が次から次へと湧き出てくる。とにかくもっと詳しい話を聞かなくては。

「それでジルに、その事情を聞きましたか？」

「できるはずありませんよ！　あの子がもしもそれを肯定して、浮気が表沙汰になれば我が家はジルベルト家に合わせる顔がなくなります」

思っていたとおりだった。浮気が表沙汰になれば、ジルベルト公爵はたとえ私の件で負い目があったとしても許さないだろう。

そうなれば窮地に陥るのは我が家である。エカチェリーナはそれだけは絶対に避けたいと思っているに違いない。

（それにしてもベルクライン公爵か……）

思いもよらぬ大物の名前が出てきて私は驚いている。

確かにジルが好みそうな男性だけど、まさか婚約者のいる身で簡単に付いていくとは。我が妹ながら考えの甘さに呆《あき》れてしまう。

「お願いします。あなたはエリック殿下とも繋《つな》がっていますし、彼に助力を頼んでジルを秘密裏にベルクライン公爵から引き離してもらえませんか？　もう二度とジルに手を出さないと、殿下に間を取り持ってもらい約束させて欲しいのです」

しかし、エカチェリーナのこの言い様は引っかかる。

浮気は一人ではできないのだ。ジルにも責任がある以上、全て無罪放免にはならないのは当然の話。

エリック殿下に助力など頼めるはずがない。

そもそも、このような不埒《ふらち》な話を正義感の強いあの方が許すはずがないのだから。浮気など言語道断だと一笑に付して終わりに決まってる。エカチェリーナはそのことを理解していないのだろう。

「…………」

「どうして黙っているのですか？　あなたの可愛《かわい》い妹ですよ。何とかしてやりたいと思うのが当然でしょう？」

ジルが可愛い妹ね。それについては素直に呑《の》み込めないが、彼女がこのままベルクライン公爵に嵌《は》まってしまえば泥沼になるのは目に見えている。

そうなると、ウェストリア家の評判が落ちるだろうし、自《おの》ずと私を護衛として選んだエリック殿下の名前にも傷がつくかもしれない。

困った話になった。何とか円満に解決したいけれど……。

いや、そもそも婚約者がいる身で、それも公爵家の嫡男が婚約者という立場で、浮気をしてそんな都合の良い方法などないだろう。

私も護衛を辞める覚悟で誠心誠意、正直に話すほかないかもしれない。

でも、それを話したらきっとエカチェリーナは激怒する。それが私の気持ちを重くした。

「あの、お義母様。ジルの浮気についてですけど」

「エリック殿下に言ってくれるのですね！　さすがはレイア。私はあなたを信じていましたよ。これでジルの身も安泰です」

どうして私の返答を最後まで聞いてくれないのだろうか。都合の良い風にしか考えられないのには困ったものだ。

「あの、お義母様。エリック殿下は正義感に溢《あふ》れる御方《おかた》ですから、浮気などを許すはずがありません。この話を聞けば、きっとお怒りになるでしょう」

私はやんわりとエカチェリーナに伝える。ジルの行為は許されないと。

無理なのだから、せめて要らない期待は持たせないようにしなくてはいけない。

「そんなことは知っていますよ。普通ならばエリック殿下が我が家の浮気問題を許すはずがないのは当然でしょう」

「知っていて、なぜそんな頼みごとを？」

殿下のことを知ったうえで、なんで無茶を言うのか理解できない。そんなの支離滅裂ではないか。

エカチェリーナは一体、私に何を期待しているというのだ。段々と話が噛《か》み合わなくなってきて、私はいつもの嫌な予感がしてきた。

義母がこんな顔をするときは、大抵私に無理な要求をするときなのだ。

「だから、あなたにお願いをしているのです。護衛としてエリック様をお守りしたという恩を返してもらってきてください。ジルを助けるという対価で」

彼女の口から出てきたのは、嫌な予感を裏切らない言葉だった。

(ダメね。エカチェリーナは何もわかってはいないわ)

エリック殿下が恩返しに不正を認めるなどあり得ないのだ。私が護衛していることへの感謝とこれは別問題。頼むだけ無駄である。

「無理ですよ、お義母様。逆にエリック殿下のお怒りを買うだけです。ウェストリア家は更に窮地へと追い込まれるでしょう」

「はぁ？　頼んでもいないのに何故わかるのです？　あなたがそんなに薄情だと思いませんでした。ジルのために動くことがそんなに嫌ですか？」

頼んでからだと遅いから言ってるんだけど、全然わかってもらえない。だから言いたくなかったのだ。

「お義母様、ジルのために動くのが嫌などと、決してそんなことを申しているわけではありません」

「ならば妹を助けてあげてください。たった一人の姉なのですから」

「私もそうしたいと思っております。しかし、もしもジルが浮気をしていたとしたら、エリック殿下に伝えるのは逆効果なのです」

「それを何とか説得するのがあなたの仕事でしょう」

ダメだ。話が元に戻ってしまっている。殿下の正義感は並ではないのだから、説得は無理だと言っても聞いてくれない。そもそもこんなこと、殿下に頼むようなことではない。

最初は下手に出ていたエカチェリーナも気付けば、かなり高圧的になっていた。

恐らく私が簡単に彼女の願いを聞き入れると思っていたのだろう。見通しが甘すぎたことに気付いて苛立《いらだ》ってきているのだ。

とはいえ、ジルを見捨てようとまでは思っていない。確執があるとはいえ、家族なのだから。

でも、婚約者がいるのに他の男性と逢引《あいびき》なんてことは、エリック殿下はもとより、私の倫理観と照らし合わせてもどうかしている。

こんなの無罪放免で許されるとは思ってはならない。エカチェリーナはもっと自分の娘がしでかしたことを重く受け止めるべきだ。

「やはりジルをはっきりと問い詰めるべきではないですか？　表沙汰にならないように注意しつつ。その上でベルクライン家と秘密裏に話し合いをするなどして。そもそも、浮気をしたということが事実なら、それを叱責しないというのは、あの子の教育的に間違っています」

まずはジル自らを反省させることだと思う。エカチェリーナがジルを叱ったのは見たことないが、それをしないことには始まらない。

ジル自身が悪いことをした認識を持って初めて、話を進める意味がある。

「そんなことできるはずないでしょう！　あの子はあなたと違って繊細なんですよ！　いきなり問い詰めたりしたら、傷付いて、自責の念に囚《とら》われるに決まっています。そうなったら、最終的には自殺するかもしれません！」

エカチェリーナは此《こ》の期《ご》に及んでジルに対して甘い態度を崩さないようだ。

問い詰められたくらいで自殺するような子が、夜中に家を抜け出すような真似《まね》をして浮気などするとは思えない。

私には殿下を巻き込むような主張をしておきながら、自分は娘に反省を促すことができないのだろうか。

それに、結局この件を解決するために両者の話し合いは必須。

仮にエリック殿下の助力をいただけても、浮気については糾弾されるに決まっている。どうやら、そこから認識させないといけないみたいだ。

「仮にエリック殿下が間に入ってもジルが当事者なのですから、彼女が無傷でなどということはあり得ませんよ」

「いいえ、エリック様なら誰にもバレないようにベルクライン公爵に接触して、上手《うま》くジルと別れるように説得できるはずです。彼女が傷付かないように配慮しながら」

（えぇーっと、エリック殿下がなんでそこまですると思っているのだろう。配慮するのはこちら側なのに）

どうやら想像以上に考えが甘いみたいだ。頭が痛くてうんざりしてくる。

エカチェリーナは娘を溺愛するがゆえに、このような状況でもジルを一切傷付けずに解決したいと言う。

はっきり言ってそれは無理である。絶対に不可能なのだ。

どうやったら理解してくれるのだろう。こんなに説明しているのにまったくわかってもらえない。

もう、ジルを助けるのなどやめた方が良いのだろうか、そんな考えまで出てきてしまう。

いつまでも甘いことばかり言っているエカチェリーナとの話し合いが平行線で、心が折れそうになっていた。

「ジルが当事者なのですから、彼女をまったく傷付けずになどということは到底無理なことくらいわかりませんか？　あの子のことを想《おも》うなら、少しは反省させませんと」

「あなたは鬼ですか？　ジルは良い子なのです。きっと今回の過ちもベルクライン公爵が唆しただけで、純粋なあの子は何もわかっていないに決まっています」

また、これだ。エカチェリーナはいつもそう。ずっとこんな調子なのだ。

ジルは天使のような良い子だという前提がまずあって、それを信じて疑わないところが一番拗《こじ》れるポイントになっている。

あの子が間違ったことをするということは、即《すなわ》ち別の誰かが一方的に悪いと決めてかかっているのだ。

ジルのあの性格はエカチェリーナが彼女を全肯定しており、世話係の使用人たちにもそれを強制していたからというのが一番の原因だ。

「浮気は一人ではできません。あの子にも罪はあります。本当に母親としてジルを助けたいならば、あの子に反省させるべきです」

「…………何よ！　ちょっと宮仕えになったからって！　こっちが下手に出たらいい気になって！　もういいです！　あなたには頼りません！」

私がいつまでも折れないことを悟ったエカチェリーナは捨て台詞《ぜりふ》を吐いて退出した。

相変わらず、短気な人だ。なんで私の話をきちんと冷静に聞いてくれないのだろうか。

しかし、困った状況になってしまった。

あの子がベルクライン公爵と浮気をしていることを聞いておいて知らぬふりできない。どうにかしてやめさせないと。

でも、一体どうしたら良いのだろうか。エカチェリーナはあの調子だし、ジルが私の言葉を素直に聞くとは思えない。

本当に困った。こんなのエリック殿下相手でなくとも、相談などできない。

「ウェストリア夫人は随分と怒って出て行ったように見えたが」

「はい。相談内容が相談内容でしたから。私としても譲れない部分がありましたので」

「ふむ、なるほど。ちなみにどんな相談だったのか？」

「それはですね。――っ!? え、エリック殿下!? どうしてここに!?」

（なんで殿下が話しかけてきているの？）

背後からあまりにも自然な感じで話しかけてこられたから、いつもどおりに返事してしまった。

あらためて振り返ると、何故か殿下が個室の中にいた。そして、腕を組んで考え込むような仕草をしている。

「驚かせてすまない。どうしても気になって、追いかけてきてしまったのだ。隣の個室を取って様子を見ていた。流石《さすが》に内容はわからなかったが」

「リンシャ、このパンケーキというのを食べたいネ」

「ふむ。某《それがし》はライスボールを所望しよう」

まさか追いかけてくるなんて考えもしなかった。エリック殿下は平民の服装を身に着け変装し、同じく変装したリンシャさんとヨハンさんを引き連れていた。

二人は普通にメニューを見て注文しようとしている。

「あまり驚かさないでくださいよ」

「そこまで驚かすつもりはなかったのだが」

「驚きますよ、このようなお店に殿下がいらっしゃるとは思いもしませんでしたから」

真顔で驚かすつもりはなかったと言われても、こんなの絶対に驚くに決まっている。

「それで、夫人の相談内容は何だったのか？　あの夫人の性格上、君に相談というのは僕に何かを取り計らって欲しいことがあるからだと読んだんだが」

相変わらず鋭いと感心した。

さすがにジルの浮気までは読んでいないみたいだけど、そんなこと誰にも読めるはずがない。

（どうしよう……。素直に話すべきか、それとも誤魔化すべきか）

答えの出ない問題に、私は思考の渦に呑み込まれる。殿下に迷惑をかけないためにも話しておくべきか、家の醜聞をとして自分のみで対処すべきか。殿下の視線を感じながら時間だけが過ぎていく。

「まぁ、とにかく隣の大きな個室に移動しよう。ここに四人は多いし、店の人も気になるだろう」

私が迷っているのを察したのか、エリック殿下は隣の個室に移動しようと提案した。

殿下はお優しい。私を無理に糾弾しなかった。

それはあのことに負い目を感じているからだろうか。それとも私を信じてくださっているからだろうか。

どちらにせよ、殿下の配慮が感じられた。

（決めた。やっぱり隠し事なんてしたくない。殿下を信じて全部話そう）

私たちはエリック殿下が取った個室へと移動した。

◆

「殿下、大衆的な店で食事をなさるのは久しぶりですな」

「ヨハンの道場に通っていたときはよくこういう店にも足を運んだな」

目の前で普通に食事を開始されるこの国の王太子、エリック殿下。

店員もまさか次期国王であるエリック殿下がお忍びで来ているなど夢にも思わないから、普通に注文を取っていた。

気付かないのは当然だろう。王族が来ることを想定しているようなお店ではないのだから。

「レイアは何も頼まなかったが、さっき何か食べたのか？」

「いいえ、食欲がありませんので」

「うぬっ！　それはいけませんな。どこか体調が悪いのですかな？」

「そういうわけではないのですが」

「リンシャ、食欲がない状態体験してみたいヨ。空想世界の話だと思っていたネ」

「え、ええーっと、そうなんですか？」

何も注文しなかった私を気遣うエリック殿下たち。こんなときに何か食べようという気が起こらないだけなんだけど、どうしよう。

「メニューでも見て何か食べたいものを探すが良い。体調が良いのならきっと空腹感を忘れているだけだ」

エリック殿下は私にメニュー表を渡してきた。

というわけで、まずは腹ごしらえしてから、と言われて私の話は一旦保留になった。今は注文した品が届くのを待っている。

リンシャさん、そんなに大きいパフェまで食べるんだ。

「あの、それで話なんですが」

「うむ、わかっている。だが、冷めると美味《おい》しくないだろ?」

私が話を切りだそうとすると、エリック殿下は食事のあとでと、手でそれを制す。

確かに冷めると美味しくなくなるかもしれないが、私はずっとそわそわしてしまっている。

安物のステーキを口に運ぶエリック殿下。こっちはやっと殿下に話す気持ちが固まったというのに。

(ヨハンさんとリンシャさんも食事を取っているし、待つしかないか)

「レイア、今の君は冷静ではない。心を落ち着かせてから話しても遅くはないと思うのだが」

「エリック殿下?」

「君も何か頼みたまえ。腹を満たせば、気持ちも安らぐ」

エリック殿下は優しく私に何か注文するように勧める。

そうかもしれない。エカチェリーナと口論のような形になって、頭が回らなくなっていたと言われればそのとおりだ。

「では、オムライスを注文します」

「ああ、まずは食事を楽しむといい」

エリック殿下が私のオムライスを注文すると、間もなくそれが運ばれてくる。

「庭師が色々と気を利かせてくれているんだが、僕は植物のことをあまり知らないから。裁量に任せると全面的に委ねたんだ」

それから、しばらく他愛のない話をした。エカチェリーナのことは聞かれずに「王宮の中庭の花壇に何を植えるか」といったとりとめのない話を。

いつも、執務室でしているような会話をしていると心が落ち着く。

（私って案外、殿下と話すのが好きなのかもしれない。最初の頃は緊張していてそんなこと考えもしなかったのに不思議よね）

ヨハンさんとリンシャさんも雑談していて和やかな雰囲気になっていた。

さっきまでのギスギスした空気が嘘みたいだ。

「それで、ウェストリア伯爵夫人の相談って何なのかな？　さっきも話したが僕に何か頼みごとが君へあったはずだ。でも、怒って出ていったところをみると、君からすると承服できない内容だったということだったのだろう？」

そんな私の気持ちを察してか、エリック殿下はようやくエカチェリーナの件について、話を聞いてきた。

いよいよ本題だ。ここは腹を括《くく》るしかない。

「そこまでお見通しとは。ここで話さなくともいずれはバレてしまいますね。エリック様、ここでの会話は他言無用だと約束していただけますか？」

「それは約束しよう。言いにくい話なのはわかっている。僕も君を困らせたくはない」

意味もない約束かもしれないが、嬉《うれ》しかった。心配してくれたことも、秘密を守ると言ってくれたことも。

きっとエリック殿下ならば私が話さずとも大体のことは読んでしまうだろう。

そして少し調べれば何の話なのか知ることも容易《たやす》いと思う。

それならば、私の悩みを聞いてもらった方がよっぽど建設的だ。隠し事をしたくないのもあったが、そういう打算的な理由も私にはあった。とにかくさっきの会話を全部エリック殿下に話そう。

「実は妹のジルのことなのですが――」

私は殿下に先ほど、義母のエカチェリーナから聞いた話をした。

ジルが夜に家を抜け出して逢引を繰り返していたこと。

更には、その相手が若き公爵、ジェイド・ベルクラインであるということを。

身内の恥を晒《さら》すことになるし、とても殿下に聞かせる内容じゃないのは確かだ。しかし、この際仕方ない。

(変ね……。友人の婚約者の浮気話を聞いて、正義感の強いエリック殿下が黙っているはずがないと思ったけど。静かに頷《うなず》いて聞いているわ。フィリップ様のときみたいに怒らないのかしら?)

「──ふむ。その話は本当に浮気話なのか?」

「えっ?」

結局、最後まで黙って話を聞いていたエリック殿下。

その第一声に私は驚いた。

(浮気話ではない?)

夜に家を抜け出して殿方と逢引をしているのに、それが浮気ではないとなると何なのだろうか。

普通なら浮気と断定して間違いないと思うが、エリック殿下の考えは違うのだろうか。

「ベルクライン公爵なら何度か会ってるし、話もしてる。あの人はギラギラとした野心家の目をしていた」

「や、野心家ですか?」

私もベルクライン公爵の顔を見たことはあるけど、気さくそうで優しそうな方という印象だった。

そんな彼がエリック殿下には野心があるように見えていたらしい。

殿下は人をよく観察しているから、ベルクライン公爵に隠された人間性を見抜いたのかもしれないけど。

「そんな彼がジルベルト公爵家と対立するリスクを負ってまで、君の妹と浮気をするというのがまず考えられない」

「ですが、現にジルはベルクライン公爵と逢引をしています。義母がそんな明らかに醜聞となるような嘘を私につくはずがありませんので、まず本当です」

ベルクライン公爵の人となりから、ジルとの浮気を疑うエリック殿下。

でも、夜にこっそりと二人きりで会っているという事実がある。

溺愛する娘を貶《おとし》める嘘をつくはずがないのだから、エカチェリーナの話は真実だろう。

それに浮気しそうにない人が本当にしないとは限らない。意外だというのは同意できるけれど、それだけで疑うのには無理がある。

「君の言いたいことはわかる。状況証拠は揃《そろ》っている。浮気をしそうという曖昧なことではなくて、実際に事が起きていると言いたいんだろう？」

「はい。そのとおりです」

「僕が変だと思っているのはその前の段階だ。君の義母はフィリップとの食事のときにジルとベルクライン公爵が偶然会って以来、逢引を繰り返していると言っていたらしいけれど、その話が本当なら、どうやってフィリップがいる前で君の妹を誘えたと思う？」

「えっ？　そ、それは」

（そういえば、どうやってベルクライン公爵はジルのことを誘ったのだろう？）

偶然会った女性に声をかけて誘うならわかるけど、婚約者であるフィリップ様の前でそんなことをするはずがない。

どう考えても、こっそりと誘うに決まっている。

「例えば手紙を隠し持っていて渡すとか、そういった手段が考えられる」

「で、ですが、そんなもの書いている時間はないと思います。予め《あらかじ》用意することなどできないのですから」

手紙くらいならこっそりと渡すことも可能かもしれない。握手するフリでもして。

でも、会って話して逢引しようと決めてから、それを書いている時間などはないと思われる。

そんなことしていたら、密偵とやらも報告しているはずだ。

「予め用意していたとしたら、どうだ？」

「えっ？　それって」

「ベルクライン公爵は、何かしらの理由で君の妹、ジル・ウェストリアを利用しようと偶然を装って近付いたんじゃないだろうか？　僕はそれを疑っているんだ」

（じ、ジルを利用？　いったい何のために……）

なにか目的があるにしても、婚約者がいる女性に手を出したとの事実が公になれば、お互いの家の名に傷が付くことは避けられない。

つまり、ジルと逢引をしているのは、ジルベルト家との対立やその後の社交界での立場などと天《てん》

秤《びん》にかけても優先したいことがあるためとなる。

そんな得体のしれない話があるだろうか。いくらベルクライン公爵が殿下の言うとおり野心家だとしても、酔狂としか思えない。私には到底理解ができない話になってきた。

「とても信じ難い話です。大体、ジルを利用して何を成そうとしているのでしょう?」

私は絞り出すように声を出した。

ベルクライン公爵がとてつもない悪意を持ってジルに近付いている可能性を仄《ほの》めかされたからだ。

あくまでもエリック殿下の推測なのはわかっているけど、話を聞くほど不安が増していく。

「流石に今ある情報だけでは、そこまではわからない。ベルクライン公爵は結構、厄介な人物だ。僕が以前、不正を犯したとして糾弾した役人が二人ほどベルクライン家の派閥だったのだが、糾弾した翌日に二人とも自殺した」

「それって」

「ああ、口封じのために始末されたんだ。もちろん、表向きには責任を取って自害したことになったけど。死んで詫《わ》びたとなれば、流石の僕もそれ以上は責められない。殺されたという証拠がなければ自殺したものとして扱わざるを得ないからな」

寒気がした。殿下から語られる話はとても冷たくて、容赦がない。

同時にその話から、エリック殿下が何を言いたいのかが伝わってきた。

ベルクライン公爵は利用するだけ利用して、価値がなくなると平気で切り捨てることができる冷酷な人物。それが意味するのは、ジルが危険だということ。

「ジルが何らかのことに利用されているのならば、用済みになれば切り捨てられるということですか？」

「その可能性は極めて高い。ジル・ウェストリアの恋愛感情を利用しているのなら、尚更《なおさら》邪魔になるだろうしね」

エリック殿下は私の予想を肯定した。

邪魔者は消すというのが彼の流儀なら、ジルもその例外ではないと言いたいのだろう。

エカチェリーナから相談を受けたときよりも更に重いものが私の背中にのしかかる。こんな話、一体どうすればいいのだ。

ただの痴情のもつれかと思っていたのに、それよりもデリケートな話になっているではないか。

「とにかくベルクライン公爵の目的を探る他ないだろうね。君の心は重苦しいだろうが」

（そうね。エリック殿下の言うとおり、何とかベルクライン公爵の目的を探らなきゃ）

それはわかっているのだが、思った以上に複雑な現状に私は頭が痛くなっていた。

ベルクライン公爵が妹のジルを利用するために近付いているというエリック殿下の推理。

もしもその推理どおり、とてつもない悪意が妹に迫っているのなら、急がないと取り返しがつかなくなる可能性が高い。

最悪の場合殺されてしまう可能性もある。

「怖がらせたようですまない。ただの情欲に塗《まみ》れた男女の縺《もつ》れかもしれないし、あくまでも疑い深い僕の推測だ。あまり深く受け止めないでくれ」

「いえ、その慰めは既に手遅れですよ。私も聞いているうちに殿下の言われたことが正しいと感じるようになりましたから」

「そうか。……駄目だな、僕は。また君に背負わせてしまう」

殿下の推測は的確すぎる。否定する隙がなかった。

だけど謝らないで欲しい。殿下のおかげで私は妹に迫る危機に気付くことができたのだから。

私はもう、ジルとベルクライン公爵が男女の縺れで逢引しているとは、考えられないでいた。

「エリック、男女の縺れって何アルか？」

「リンシャ殿、こちらのクッキーも絶品ですぞ」

ヨハンさんは敢《あ》えて私の話を気にしないようにしているのか、リンシャさんと他愛もない話をしている。

さりげない気遣いが嬉しかった。私はヨハンさんの思いやりに感謝した。

でも、ジルの件をどうしよう。エリック殿下は何の目的でベルクライン公爵が動いているのかわからないと言っていたが、それは事実なのだろうか……。

聡明《そうめい》な殿下なら予想の一つや二つ立てていそうなものだと思ってしまう。エリック殿下とはそういう人だ。

「エリック殿下、ベルクライン公爵の目的に本当に心当たりはないのですか？　私は殿下ならおおよその見当がついていると思っているのですが」

「見当がついているだって？　君は僕のことを買いかぶっているな」

（本当だろうか？）

先ほど、これだけの情報ではベルクライン公爵の目的はわからないと殿下は言った。

でも、ジルの話を聞いて彼女を利用するためだと推測した殿下のこと。目的とやらも薄《う》っすら見えてるのではないか。

もちろん、正確にはわからないとは思うけど、ある程度の予測はしていそうだ。

殿下の返答に納得できず、思わずじっと見つめてしまう。

「…………」

「参ったな。そんなに黙って見つめないでくれ。どうしてそう思うのだ？」

「随分とベルクライン公爵の人となりについて詳しいと思ったからです。つまり、殿下はベルクライン公爵について、よく調べていらっしゃる。違いますか？」

エリック殿下がこの話を胡散臭《うさんくさ》いと感じたのは、ベルクライン公爵について詳しいから。

彼の周りに不審な動きがあったから、ジルの話を聞いてピンと来た。そうに違いない。

ならば、ベルクライン公爵が何をしようとしているのか、それもセットで考えないと変だ。

「否定はしない。あの自殺騒動で僕は彼の身辺調査をした。真っ白だったけどね。でも、何か知っていれば君にそれを伝えないはずがないだろう？」

「ベルクライン公爵の目的が私に言いにくい話なら別です。殿下は気を遣って、私には黙っているでしょう」

そう。なんでわかっているのに推測を話さないのか、話は単純。

私に言いにくいことだからだ。そうとしか考えられない。

「ふむ、中々どうして君も鋭い。そこまで察しているのに、それでも聞きたいのか？　物好きな人だ」

「そうかもしれません。だから、教えていただけませんか？　覚悟はできています」

「覚悟。そうか、覚悟か。いや、覚悟を決めるのは僕の方だろう」

「覚悟を決めるのは殿下の方？」

腕組みをしながら、エリック殿下は覚悟という言葉を復唱する。

聞く私の方ではなくて、告げる殿下の方に覚悟が要るというのか。確かに言いにくいことを伝えるという意味では、殿下にも覚悟が要るのかもしれないが。

「これは、推測ですらない。根拠のない、憶測だ。だからあくまでも君の胸の内に秘めて欲しい」

「はい。もちろんです」

そして、ようやくエリック殿下は自分の考えを伝える気になってくれたようだ。

もちろん、判断材料が乏しく憶測の域を出ないのはわかっている。だけど、それでも私は知りたかった。妹を利用するベルクライン公爵の目的を。

「――ベルクライン公爵の真の狙い、それは恐らく君だ。レイア」

「わ、私ですか?」

それは思いもよらない言葉だった。

いったいどうして、そんな話に飛躍するのだろうか。

「これ以上はベルクライン公爵の名誉を傷付ける可能性もあるから、あまり口にしたくないが、彼が僕の暗殺を企てていた主犯なら、邪魔な君を消すために君の妹に近付いたと考えることもできる。証拠は何もない、あくまで憶測にすぎないのだが」

(私を消すためにジルに近付いた? ベルクライン公爵がエリック暗殺を企てている主犯だから……?)

もちろん、これはエリック殿下の憶測だ。本人も証拠は何もないと言っているくらいの突飛な話だ。

しかし、言われてみれば、なるほど。その可能性は確かにあり得る。

エリック殿下は四大貴族の誰かに狙われている可能性が極めて高く、私はその護衛。短い間だけど殿下をお守りしている。

私がエリック殿下暗殺を企てている黒幕にとって邪魔者であることは間違いない。

そしてこのタイミングで四大貴族の一角であるベルクライン公爵が私の妹に近付いた。作為的な何かを持って。

妹に近付いた理由が私を消すことなら、確かに納得できる部分はあるのだ。

論理的に飛躍している部分はもちろんあるが、理屈としては通っている。

「レイア、すまなかった。君を護衛として迎え入れたことで、君の家族に危害が及ぶかもしれない。これは僕の責任だ」

エリック殿下は私に頭を下げる。

暗殺を企てている人間の愚かな思考なんて、そんなの読めるはずがない。

「頭を下げないでください。まだそうと決まっていないと仰せになったのは、エリック殿下ではないですか」

「いや、そうと決まったときはもう遅いだろう。君の優秀さに甘えてしまっていた。君なら暗殺者くらい跳ね返せると思っていたが、君の家族にまでは気が回ってなかった」

私は憶測の段階で決めつけるのは早計だとしたけど、エリック殿下の言い分もわかる。

そうと決まったときというのは、私が殺されたときだろうから。

(殿下、いつになく落ち込んでいる。今回のことは殿下が悪いわけではないのに……)

私の実力を信用して護衛に迎えてくれたことはなにより光栄で、誇っていただけて嬉しいと思っている。

だから、そんな顔をしないで欲しい。エリック殿下に自信のなさそうな顔は似合わない。

「良かったじゃありませんか」

「レイア？　良かったって、君の妹の命が危険に晒されているのだが」

「まだ、何も起こってません。それならば未然に防ぐことができるということです。何か起きる前に警戒ができるという幸運を喜びましょう。恐らくジルを人質に取って私の命を狙うなどと、相手の手段も予測できますから」

私なら大丈夫。むしろ、良かったとすら思っている。

先に私を狙っているかもしれないってことを知ることができたということは。

だって、ベルクライン公爵を予め警戒していれば、本当に彼が謀略を企んだとしてもそれを実行させないような対策を立てることができる。

だから悲観しなくてもいい。大切なのはベルクライン公爵の動きを知り、私たちが気付いているのだと悟らせないことだ。

「私はエリック様の護衛です。あなたを守るためでしたら命くらい張りますよ。やっと黒幕を突き止めるところまで来たのです。日和《ひよ》っている場合ではありません。奮起すべきです」

もしも、ジルを利用して私を暗殺しようとする計画をベルクライン公爵が立てているのならば、これは大チャンスだとしか思えない。

それを明るみにすることができれば、ベルクライン公爵こそがエリック殿下暗殺の黒幕だということも突き止められるのだから。

そうなったら、エリック殿下が暗殺対象として狙われることがなくなるはずだ。そして、それはエリック殿下の念願が叶《かな》うことを指し示す。

だから私たちがすることは尻尾を見せた獣を捕える準備をすることなのだ。

「正念場ですよ、殿下」

「ああ、そのとおりだな。そんな瞳で見られると、立ち上がらないわけにはいかないか」

「少しは、調子を取り戻されたようで安心しました」

「君の悩みを解消するためにここに来たのに、逆に励まされるとは思わなかった。そうだな。君の言うとおり奮起すべきだった。僕は君を守り、更に自分の正義を貫く」

それでこそ、エリック殿下だ。やっぱり殿下に悲観的な表情は似合わない。

力強い視線を送りながらエリック殿下は、正義を貫くために立ち上がると声を出した。

それでこそ、誰よりも不義理を許さない王太子殿下。私もあなたのために、あなたの敵を捕えるために尽力する。

共に戦おう。殿下となら、怖いものなど何もないんだから。

(——だけど、一つだけ気がかりなことがある)

ジルを人質にするならば逢引などせずに攫《さら》ってしまえば良いのではないか。その方が確実なような気がする。

わざわざ恋愛感情を植え付けて、彼女を利用しようとしたのには理由《わけ》があるのだろうか。

思わず、嫌な想像をしてしまった。ジルが私のことを殺すために動くのではないかという想像を。

（いくらなんでもそこまでするとは思えないけど）

だって、ジルと私は仲違《なかたが》いしてはいるけれど、命の奪い合いなど起こるようなものではない。ジルだって、人を殺すような子ではない。

前を向こうってときにこんなこと考えていたらダメだ。

私はエリック殿下の護衛としての最善を尽くす。それだけを考えるようにしなくては。

◆

エカチェリーナの相談から、三日ほど経《た》った。

あのあとすぐに殿下とは今後について話し合いをした。

「まずは証拠を掴む方法を考えよう。そして、ベルクライン公爵についてももう一度洗い直したい」

話を聞いた日にさっそく動きだそうとした私に、エリック殿下はそう言っていた。

私ももう一度、エカチェリーナから何か聞き出した方が良いか殿下に聞いてみたけど、そのときは止められてしまった。

「ウェストリア伯爵夫人が騒ぐと面倒だ。そこからベルクライン公爵あたりに何か勘付かれるのも具合が悪い」

そのため、この三日間は特になにも進んではいない。

随分と慎重みたいだが、それも当然だろう。もしかしたら、今まで一切の証拠を見せなかった、自らを狙う者の尻尾を掴むことができるかもしれないのだから。

なんの証拠もない憶測とはいえ、正しければ真相に限りなく近付いたと言える。

しかし、三日か……。

たったの三日なのだから何も進展しなくても不思議ではないが、どこか焦りを覚える自分がいた。

「レイア、来てもらって早々で悪いが、今から伝えるものを資料室から持ってきて欲しい」

「あ、はい。かしこまりました」

いつものように夕方過ぎに執務室に入った私は、エリック殿下からお使いを言い渡された。

護衛は他にも人がいるため、最近はお使いを頼まれることもあった。

暗殺者も来なくなったので、こういうことくらいでしかお役に立てないのだ。

とはいえ、護衛対象の側《そば》を長い間離れるのも良くないだろう。

私は早足で資料室に向かい、扉を開いた。

「……おや、またお会いしましたね。レイアさん」

「デール様も資料室にご用事でしたか。これは失礼しました。私は外でお待ちしていますので」

驚いた。まさか、デール殿下が資料室にいるとは。

これは、デール殿下の執務の邪魔になるかもしれないし、順番を待った方がいいだろう。

「いえ、結構ですよ。秘密にしておくようなことではないので。……それとも、レイアさんこそ、私に見られるとご都合が悪いですか？」

「ま、まさか。そんなこと」

「ふふ、冗談です。どうぞお入りください」

デール殿下も人が悪い。

彼は、私が焦った顔をしているのを見て笑いながら部屋の中に招き入れてくれる。どうやら殿下も何か資料を探しているみたいだ。

「それでは失礼します」

「私も兄上同様、父上から幾つか執務を任されていましてね。その関係で、最近はほとんど毎日ここに来ているんですよ」

「そうなのですか。お忙しそうですね」

「あはは、聖女としても活躍されているレイアさんほどではありませんよ」

ぱっと見の印象は違うが、笑った顔はエリック殿下によく似ていた。

彼が資料探しに戻るのを横目に、私もエリック殿下に頼まれた資料を探し始める。

王宮にある膨大な資料から、目当てのものを探すのは結構骨が折れた。

(この列にあるのは間違いないはずなんだけど。あっ!?　これだわ!)

「「えっ!?」」

私とデール殿下の手が、同じ資料に伸びて触れる。

(まさか、殿下も私と同じものを?　こんな偶然があるだろうか)

頭の中で色んな思考が駆け巡る。だって、この資料はあの事件について書かれているのに。

「失礼しました。デール殿下もこちらの資料を探されているとは思っていなかったものですから」

「いえ、こちらこそ。しかし兄上がまたこちらの事件について調べようとされているとは。ベルクライン派の役人が自害した一件。あれは自殺だとして、納得したものかと思っていましたから」

そう。私がエリック殿下に頼まれたものは、かつて彼が不正を糾弾した際に自害したという、二人の役人の事件についての資料。

ベルクライン公爵によって口封じのために殺されたとエリック殿下は疑っていたが、証拠が見つからずに自殺として処理されている。

エリック殿下は今回のジルの一件を調べるにあたって、もう一度この事件について調べたいと、私にこちらの資料を持ってくるように命じたのだ。

(それなのに、デール殿下がまさかこの資料を手に取ろうとされるなんて)

「あの、デール殿下もこちらを?」

「……ええ、そうです。ですが、私は兄の後で結構ですよ。急ぎではありませんし、他にも仕事はありますから。そちらを先に済ませます」

柔らかく微笑《ほほえ》んだデール殿下は、迷うことなく私に資料を譲ろうとする。

この人当たりの良い温和な感じ、誰からも慕われるのも納得だ。私もデール殿下に悪い印象を持ったことがない。

でも、この状況で素直に順番を譲られていいものだろうか。

「それだとデール殿下がお困りでは？」

「大丈夫ですよ。父からいただいた案件は幾つかあると申しましたでしょう？　別の案件から先に片付けますから」

そういえば、先ほどそんなことを言っていた。

デール殿下の父、つまり国王陛下が彼に命じた執務にベルクライン公爵の部下の話が絡んでいたってことだ。

それはそれで気になるけど、どうするのが正解なのだろう。

ここまで言ってくれているんだし、これ以上遠慮するのは逆に失礼かもしれない。

「それでは、お言葉に甘えさせていただきます。デール殿下のお心遣い、感謝します」

私は素直に資料を持っていくことにした。

一刻を争う状況だから、エリック殿下にこれをできるだけ早く持って行きたかったのだ。

「お気になさらずに。私にはこれくらいしか兄にしてあげられませんから」

「えっ？」

そのとき、デール殿下はまた寂しそうな表情を見せる。この方は一体なにを抱えているのだろうか……。

「おっと、お喋《しゃべ》りが過ぎましたね。私はまだ他の資料を探しますが、レイアさんは？」

「あっ！　ええーっと、その。これだけです。あの、本当にありがとうございます。エリック殿下にもお伝えしておきますので」

そうだった。用事が済んだのだから、エリック殿下のところに戻らないと。つい、デール殿下の様子を窺《うかが》ってしまっていた。

自分の目的を思い出した私は、殿下に一礼して資料室を出ようとする。

（思った以上に時間がかかったし、少し急ごう）

「レイアさん！」

「――っ!?」

そのとき、デール殿下が大きな声で私を呼び止める。普段の殿下の様子からは想像ができないくらい大きな声だ。

私が振り返ると、殿下はまた少しだけ悲しそうな顔をされていた。どうしたというのだろう。

「い、いえ、兄を守ることも大事ですが、どうかご自分も大事になさってください。あと、兄によろしく、と」

「は、はい。ありがとうございます。エリック殿下にも必ずお伝えします」

あまりにシンプルな伝言に私は首を傾《かし》げた。

それだけを伝えるためではなかったような気がする。他に何か私に伝えたいことがあるような、そんな感じが……。

でも、今はそんなことを気にする時間はない。

私はもう一度、頭を下げ、早足でエリック殿下の待つ執務室へと向かった。

◆

「殿下、ご所望の資料をお持ちしました」

「ご苦労だった。いや最近は雑用ばかり頼んでしまい、すまない」

私が殿下の欲していた資料を手渡すと、労《ねぎら》いの言葉をいただいた。

王太子という立場にもかかわらず、偉ぶることもなく律儀なところはデール殿下と似ている。

「デール殿下も陛下に命じられてこの資料を探しに資料室にいらっしゃっていましたよ。急ぎではないと譲ってもらいましたが、早めに返却した方が良いかと」

「デールがこの資料を？　ふむ。陛下がデールに……」

エリック殿下に、資料室でデール殿下に会ったことを伝えると、顎を触りながら考え込み始めた。

（やはり気になるみたいね）

タイミングが同じだったのは偶然だとしても、同じ資料を探していたとなると、その理由が気になるのは当然だろう。それに命じたのは陛下なのだから、なおさら気になるに決まっている。

「わかった。ありがとう」

数十秒ほど沈黙された後に、エリック殿下は私に礼を述べて資料に目を通す作業に戻る。

仕事に集中しだした。こうなったら余程のことがない限り、関係ないことは話さなくなる。

殿下は普段、執務中に雑談しないわけではないが、なにか一つに集中すると他のことが目に入らなくなることがあった。

ヨハンさん曰《いわ》く、それが殿下なりのメリハリらしい。こういうときの殿下の仕事は人間離れしているくらい迅速で正確なのだとか。

その後、時々メモを取りながら、稀《まれ》に「なるほど」と頷きながら、一時間ほど作業を続けた殿下は、急に立ち上がった。

どうやら、エリック殿下の中で何かしらの結論が出たみたいだ。

「よし、ジル・ウェストリアを尾行しよう」

「えっ？　突然何を仰っているのですか？　それに、殿下が自らですか？」

急に、何を言っているのだろうか。どんな理由があろうとも、王太子であるエリック殿下が自ら危険に飛び込むなど、そんなことあり得ない。

決心したような表情とそぐわない突飛な内容を話すエリック殿下に私は驚いてしまう。

（いえ、殿下のこと。非常識なのは承知で何か考えがあってのことよね）

決して、自らの興味本意で尾行など考えるような御方ではない。何か真意があるはずだ。

「レイア、ヨハンとリンシャを呼んできてくれ」

「は、はい。かしこまりました」

私は戸惑いつつも、外で見回りをしているヨハンさんとリンシャさんに、執務室に来るように伝えに行った。


「エリック殿下、某らを集めたのは何か理由が？」

「暇になったから、お喋りしたくなったアルか？」

ヨハンさんとリンシャさんはエリック殿下の前に整列して、自分たちが呼び出された理由を尋ねる。

率直に尾行に行くことを伝えるのだろうか。ヨハンさんは絶対に反対すると思うけど。

「ジル・ウェストリアを僕は尾行しようと思う。ベルクライン公爵と接触して何をしようとしているのか、探るために」

「「――っ!?」」

案の定、二人とも驚いている顔をしている。それは先ほどの私と同じだ。

どう考えてもエリック殿下の言っていることが突飛すぎるから、この反応は当然だろう。

（殿下にも考えがあるのはわかるけど、義母のように密偵を派遣するとか、そういう手を使うのが普通ではないだろうか）

「ジル・ウェストリアとベルクライン公爵の逢引の一件から派生する陰謀。某も殿下自らが、公爵殿の大逆罪を暴きたいという感情を持ち合わせているのは存じております」

「そうだ。これは僕の戦いだ。ジェイド・ベルクラインが尻尾を見せた証拠を、僕は自身で摑みたいと思っている」

「殿下、それを承知で申し上げます。ここは某に任せてくださいませんか。某は殿下に忠義を誓った、腹心中の腹心だと自負しております。その某のことを信じ給《たも》うて、御身は何卒《なにとぞ》、王宮にお預けください」

ヨハンさんは真剣な顔で、エリック殿下自身が動くことをやめさせようとする。

殿下は自身の戦いに自らの手で終止符を打ちたいと思っているから、自分で証拠を摑もうと……。

ヨハンさんも殿下とともに戦ってきたからその気持ちは理解できるのだろう。だが、それでもエリック殿下を危険な目に遭わせないために、護衛として臣下として反対しているのだ。

「ヨハン、君の忠義を僕は一秒だって疑ったことはない。だが、ベルクライン公爵とは自分自身の手で、決着をつけねばと思っていたんだ。あの二人の役人の一件は僕にとって中々に悔しい体験だったからね」

社交界では若き公爵として熱烈な人気があるジェイド・ベルクライン。

そんな彼に任務に失敗した者の口を容赦なく封じる冷酷な一面もあると知ったエリック殿下は、許せなかったはずだ。まるで部下を手駒にしか思っていないような態度は、義を重んじる殿下の信条に反するから。

その借りを返すわけではないけど、殿下は自分で決着をつけることを望んでいる。

「しかし！　外は危険ですぞ！」

「ヨハン、僕にとって危険なのは王宮内で暗殺者に狙われていることだ。確かに最近は来なくなった。だが、油断させているだけかもしれない。君が影武者として、ここにいて、僕が外に出ていった方が結果的に安全とはならないか？」

一理ある。エリック殿下がこの王宮内にいると思わせられれば、むしろ別の場所は安全になり得る。

ヨハンさんが影武者になり、それを誰にも悟らせないことが前提となるが良い手ではある。

「それは詭弁《きべん》ではありませぬか！」

「そうだ、詭弁だ。だが、僕の一番信頼している腹心の君なら、影武者役くらい完璧にこなしてくれると思うが。違うか？」

「ぬぅぅ、殿下はこうなっては、絶対に意見を曲げられぬ。遺憾ではございますが、殿下の影武者の任、慎んでお受けする」

言い負かされたというよりは、ヨハンさんが諦めたって言った方が正確だろう。

長い付き合いの彼だからエリック殿下が絶対に折れないって察したみたい。

ヨハンさんでも止められないとなると仕方がないが、こういうときに突っ走るのは、王太子として良くないところだと思う。

「エリック殿下、身内が犯した不祥事です。私のご同行をお許しください」

私はエリック殿下と共にジルを尾行させて欲しぃと立候補した。

だったら私が殿下を守る。一人で行かせるなど、そもそも許さない。

「バレたら君も危険に晒される。僕以前に君が狙われているのに」

「ご忠告痛み入ります。しかしながら、私は自らの身を守ることができますし、何より殿下の身をお守りする務めがあります」

そう。危険なんか幾らでも跳ね返してみせる。

私はエリック殿下の護衛なんだから。引くつもりは一切ない。

「ふぅ、そうきたか。だが、ここで僕だけがわがままを言うのは違うな。レイア、頼む。僕と共に来てくれ」

「かしこまりました。殿下」

自分がわがままを言っているって認識があるなら何よりだ。

こうして話し合いの結果、私とエリック殿下は夜にジルの尾行をすることになった。

「エリック、ここにいる。外には決して出ていない。リンシャも覚えたネ」

ヨハンさんとリンシャさんは作戦どおり共に執務室に残り、影武者としてエリック殿下が徹夜で仕事をしているように偽装する。

準備を整えた私たちはウェストリア家を目指して、王宮をこっそり抜け出した。

月が明るい夜だ。光のおかげで目標を見失いにくいけど、それ以上に見つからないように警戒が必要だろう。


「さて、ここからなら誰にも見つからずに見張ることができるだろう」

エリック殿下と私は木陰からウェストリア家、つまり私の実家を見張ることにした。

まさか、こうやって密偵のように自分の家を見守ることがあるとは思わなかった。

周囲の気配を探ったけど、誰もいないみたい。エカチェリーナが雇った密偵とやらの契約はもう切れたのだろうか。

「しかし、都合よくジルが出てくるでしょうか？　義母《はは》の話では数日に一度程度らしいですが」

「わかってる。出てくるまで毎日待つ。とにかく、一刻を争うことだけは、はっきりしている」

「そうですね。後手に回るほど全容が摑めなくなりますから」

すでにかなり後手に回っているが、遅くなればなるほど、ベルクライン公爵が行動を起こす可能性が高くなる。

憶測だけで私たちがここまでしているのにはそんな理由もあった。

「だが、運は僕らに向いてきているのかもしれない。あっちを見てくれ。君の妹、ジル・ウェストリアが出てきた」

これは幸運としか言えない。初日から成果が得られるとは僥倖《ぎょうこう》だ。

エリック殿下に小声で家の裏を見るように促され、私はそちらに目を向ける。

（本当に出てきた。暗がりで見えにくい部分もあるけどあれは確かにジルだわ）

「追うぞ。ただ、絶対に近付きすぎないこと。この距離は必ず保つようにしよう」

「承知しました」

私たちは一定の距離を保ちつつ、ジルを見失わぬように注意して彼女を尾行する。

月明かりだけが光源だが、私はたとえ暗闇の中でも人の気配を感知することができるので、距離にさえ気を付ければ大丈夫。見失うことはない。

そのままジルを追っていくと、彼女は森の中に入っていった。

（なるほど、この辺りは人気も特に少ないので深夜に逢引するにはうってつけね）

森には湖があり、月明かりが反射して何とも幻想的な風景が見える。こういう状況でなければ、ロマンチックに感じただろう。

「レイア、あっちを見るんだ」

エリック殿下が指差す方向に目を向けると、ジルが何かに近付いていた。

（あれは、馬車みたいだけど。何か馬車の中とやり取りしているわね）

「どうやら君の妹が合言葉か何かを言って、馬車の中からベルクライン公爵が出てきたみたいだね」

「そのようです。ベルクライン公爵も警戒はしているでしょうし」

月明かりが差し込んでいてくれたおかげで、私たちはかろうじてジルとベルクライン公爵が抱き合っている姿を確認できた。

こんなところで妹の逢引を見せられるとは。仕方ないこととはいえ、些《いささ》か心苦しい。

何だか趣味の悪いことしている気がしてきた。実際、もっと趣味の悪いことをしているのはあちら側なのだが……。

「しかし、この距離だと何を話しているのかわからないですね。近付くと気付かれる恐れがありますし、我慢するしかありませんかね」

「いや、何とか唇を読めそうだ。暗殺対策で覚えたのだが、僕には読唇術の心得があるんだ」

私がこれ以上は近付けないがどうするのかと殿下に質問すると、予想外の返事が来て驚いてしまう。

（まさか読唇術まで使えるなんて思わなかった。殿下にできないことってあるのかしら）

エリック殿下はジルたちに視線を向けたまま、私に彼らの会話内容を教えてくれた。

「こうして夜にしか会えないのが歯がゆいね。早くジルと一緒になりたいよ」

「ああ、ジェイド様ぁ。ジルも同じ気持ちですわ。ジェイド様と同じ道を歩ける日を待ち遠しく思っていますの」

どうやらジルは、完全にベルクライン公爵に夢中みたいだ。

ベルクライン公爵もジルと一緒になることを仄めかして、言うことを聞かせているようで、見ていて気分が悪くなる。

「ところで、ジル。前に話していたアレだけど、どうかな？」

「ええ、何度か練習して使えるようになりましたわ。致死毒魔法《デスポイズン》を。禁術だと聞いていましたので、もっと難しいと思ったのですが」

「おお！　流石はジルだ。素晴らしい！　簡単に覚えられたのは君が才能豊かな女性だからだよ！」

「んんっ、ジェイド様ぁ」

（致死毒魔法《デスポイズン》!?　まさか禁術を覚えたというの……？）

思った以上に危険なことに手を貸しているようだ。

「レイア、あの二人は致死毒魔法《デスポイズン》を使うと言っているが」

魔法にも色々な種類があるが、その中には使ってはならない術というものがある。

何種類かある毒魔法《アークポイズン》の中で、簡単に人を死に追いやり、毒物は体内に残らないという特性をもつ致死毒魔法《デスポイズン》。それはこの世の中を混乱させるという点で禁術に指定されていた。

つまり、ジルは証拠を残さずに暗殺するのにうってつけで、なおかつ使用が禁じられている術を覚えさせられたということになる。

これは身内の問題だけで済まされない事態だ。

「大丈夫だよ。私の言うとおりに術を使えば良い。そうすれば、君は聖女になれるし、私の妻になれる」

「ああ、ジェイド様の妻に。わたくし、早くあなたの妻になりたいですわぁ」

「うん。私もそう願っている。だから、もっと術を上手く使えるように訓練してくれ。誰にも見つからずに、迅速に毒を仕込めるように」

ベルクライン公爵は、巧みにジルの欲しい言葉をかけて彼女を洗脳している。

私が死んでもジルを聖女にする権限は彼にはないのに。

「じゃあ、くれぐれも誰にも気付かれないように頼むよ。もしも、気付かれたら……この関係が壊れちゃうからね」

「わ、わかっておりますわ。誰にも気付かれないように注意します」

「うん。信じてるよ。でも、気を付けてね。……君がヘマすると君を消さなきゃならなくなるから」

「ジェイド様？」

「ふふ、ごめん。ごめん。ちょっと驚かせちゃったね。ジルのことが好き過ぎて、どうしても君と同じ時を過ごしたくて、厳しいことを言ってしまったよ。許してくれるかな？」

「は、はい！　全然気になどしていませんわ。わたくしもジェイド様と同じ未来を歩みたいと願っておりますから！　そのためには何でも致します」

これではっきりした。ベルクライン公爵はジルを使って私を毒殺する計画を立てている。

そして計画が成功したら、口封じとしてジルを始末しようと既に決めている。

彼の笑顔の裏にある冷酷な一面。

（気付かなかった。以前にパーティーで彼と会ったことはあるが、一度だってそんな様子は見せなかったから）

こうやって実際に悪意ある行動を取っている姿を見て、彼の恐ろしさが初めてわかった。

そこからしばらくの間、ジルとベルクライン公爵が普通の恋人同士のような会話をし始めたので、私たちはその様子を視界に入れつつ、新たに得た情報について話し合いをする。

「致死毒魔法《デスポイズン》か。随分と恐ろしいものを持ち出してきたな。禁術ってこともそうだが、それは簡単に覚えられるのか？」

「いえ、決して簡単ではないはずです。そもそも術式自体が封印されていて、どうやって使用するのかわからなくなっていますし。誰かが書き残した古文書か何かを、ベルクライン公爵が持っていたのなら別ですが」

そう。私も禁術を使うことはできない。

使わないのではなくて、使えない。というよりも詳細を知らない。どうしたら術式を発動させることができるのか、それを記録している書物すら出回っていないからだ。

「ベルクライン公爵がジルに目をつけた理由はわかります。あの子は私に親しい人間、というだけでなく、聖女選抜試験で毒魔法《アークポイズン》の成績は一番でしたから」

「なるほど、さすがは君の妹というわけか」

「はい。ジルは聖女になれるのかという点について、自身の能力は一切疑っていないのです。だからこそ、ベルクライン公爵から聖女になれるという幻想をちらつかされて、正常な判断力をなくしてしまっているのでしょう」

ジルは自分の能力に自信を持っている。

確かにウェストリア家の血筋でも、魔法についての資質に恵まれた方だったかもしれない。

その才能に溺れずにきちんと努力していれば、あの子が聖女になったと思うほどに。

しかし、エカチェリーナが甘やかし、もてはやしたことで、過剰な自信をもった結果、ジルは魔法の鍛錬が嫌いになった。

だからあの日私が聖女に選ばれたとき、あの子は私がズルをしたと喚《わめ》き、泣いたのである。随分前から私はジルの魔法よりも精度を高めていたというのに。

だけど確かに才能はある。それは間違いない。

禁術の使い方さえ知る方法があれば、それを使いこなすのには時間はかからないだろう。

「んっ？　動き出したぞ。あれは子犬か？」

三十分ほど二人の行動を見張っていると、ベルクライン公爵が馬車の中から大きな鞄《かばん》を持ち出し、湖の畔《ほとり》に移動した。

その中から一匹の子犬を出す。

（そうか。何をしようとしているのか、わかった。あれは、恐らく……）

「容器に水を入れているみたいですね」

ベルクライン公爵は子犬を座らせ、犬用の食器に水を入れる。

そして、ジルはその食器に触れた。触れた時間は本当に一瞬。ちょっとでも目を離すと気付かないくらいの短い時間しかジルは食器に触れていなかった。

その水を飲むと間もなく、子犬は倒れてしまう。

ジルはその後湖で手を洗って、ベルクライン公爵に頭を撫《な》でられていた。

「見事な手際だな。君の妹はあの一瞬で致死毒魔法《デスポイズン》を使ったみたいだ」

「いくら才能があるとはいえ、余程、訓練しなくてはあれほどの速さは無理ですね」

最悪なものを見てしまった。

決して仲の良い姉妹ではなかったが、それでも妹が私を殺すための練習などは一生見たくなかった……。

血を分けた妹を敵と認識しなきゃならないのはなんとも悲しい。

（本当に、何やっているの。ジルのバカ……）

「ベルクライン公爵が、君の暗殺を企てていることははっきりしたな。どうやって殺そうとしているのか、それも含めて」

「では、王宮に戻りましょうか。長居する理由はありませんし」

「そうだな。そうした方が良さそうだ」

私たちは王宮へ戻ろうと足を進める。ヨハンさんとリンシャさんに影武者を頼んでいるけど、いつまでも任せっぱなしにはできないし、必要な情報は手に入ったから。

妹のジルはいとも簡単に子犬を殺してみせた。それが何を意味するのかを想像して、私は身震いする。

(あの子、本当に私を殺すつもりなのかしら)

そこまで恨まれていたのだと考えたくはない。一緒に住んでいた時間は長く、幼い頃には仲の良い時代もあった。可愛《かわい》い妹だと思っていたときも。

それだけに衝撃も悲しみも大きかった。

「しかし、あんな一瞬触れただけで毒魔法《アークポイズン》が効果を出して、死に至らしめるとは驚いた。禁術とは恐ろしい」

「そうですね。普通の毒魔法《アークポイズン》なら私にも使えますが、その効果は一定時間だけ魔物の手足を痺《しび》れさせて痙攣《けいれん》させる程度で、殺傷能力は極めて低いものですから」

「やっぱりそうなのか」

「一瞬しか触れていないのに効果を発揮したのは、ジルが元々、毒魔法《アークポイズン》が得意だったからです」

聖女になるための試験でも魔物たちを私よりも早く痙攣させて、効果の持続時間も長かったのは覚えている。

致死毒魔法《デスポイズン》を覚えさせる上でジルが最も適性がある人間なのは間違いない。

「ベルクライン公爵は知っていたのだろうな。君の妹が毒魔法《アークポイズン》が得意なことを」

「やはりそう思いますよね」

私たちの出した結論は同じだった。

ベルクライン公爵は、ジルに致死性の毒を仕込むことができる強力な禁術、致死毒魔法《デスポイズン》を教え、最凶の暗殺者にしようとしている。

それはジルの毒魔法《アークポイズン》の適性を知った上でのことだと。

「それにしてもわからないな。あれは実験のように見えた。子犬を使った実験をわざわざ外でやるとは。馬車の中の方が人に見られる心配がないと思うのだが」

「毒魔法《アークポイズン》の特性によるものかと。万が一失敗したら、手の表面に毒物が付着している可能性があります。ですので、練習したあとは必ず大量の水で洗い流すようにしているのです」

毒魔法《アークポイズン》の毒は目に見えず、失敗して手に付着した場合も気付くことができない。

ゆえに付着した状態で下手になにかに触るなどしないように、毒魔法《アークポイズン》の練習はこういった湖や川原ですることが通例だった。

ましてや、人を死に至らしめる致死毒魔法《デスポイズン》の練習だ。ベルクライン公爵も安全性を担保したかったのだろう。

「なるほど、合点がいったよ。そういうことか」

「ですから、あの感じだとまだ完璧には致死毒魔法《デスポイズン》を使いこなせていませんね。完全な修得にはもう少し時間はかかるかと」

「まだ動くまで時間があるということだな。朗報だ」

先ほどのように練習をしているということは、恐らくジルの致死毒魔法《デスポイズン》は未完成。

完成までにはまだ時間があるはず。子犬を使っていたのもそれを裏付けている。

だから、私たちにはどう対策するか練る時間があるのだ。ここから、何とかベルクライン公爵の野望を阻止するために頑張らなくては。

そう、頑張らなくてはならないのに、なんで私は……。

「私、そんなに恨まれていたのですね。殺してやりたいと思われるくらいに」

私はジルに狙われていることへの悲しみを声に出してしまった。

自分に明確な殺意が向けられたという事実を、思った以上に呑《の》み込めないでいたのだ。

「君を恨んで殺すというより、ベルクライン公爵のために殺すって感じだろうね。随分と惚《ほ》れ込んでいるみたいだし。だから気にしなくていい」

「それって、気にしなくていい理由になりますか？」

エリック殿下はベルクライン公爵のために妹は動いているのだからと変な慰め方をする。

どちらにしても妹が私の命を狙っている事実は変わらないので一緒だと思う。殿下は何を伝えたいんだろう。

「大アリだ。ベルクライン公爵への情愛から殺意を向けられるのなら、君個人の人格は関係ないではないか。それなら、諦めがつく」

「それはそうかもしれませんが。諦めるというのは何とも……」

エリック殿下の意見は正しいかもしれない。だけど、どうにも納得できない部分がある。

やはり、自分を毒殺しようとしている妹がいるという事実は変わらないのだから。

「そうか、まだ納得いかないいか」

「当たり前ですよ。人間、そう簡単に割り切れません」

憮然《ぶぜん》とした表情をしていたことがバレたのか、エリック殿下から私が納得していないと指摘される。

これが他人の話であれば、私も納得していた。だが、家族の場合そんな簡単には割り切れない。

殿下にはそれがわからないのだろうか。

「言い方を変えてみよう。ああなってしまった場合、ジルは君を愛せよと命令されれば愛するし、親をターゲットにしろと言われれば両親に牙を向けるだろう。操り人形になった彼女には判断力は皆無だ。この場合、君に殺意を抱いているのは誰だ？　人形か？」

「……操り人形を使う側、つまりベルクライン公爵です」

「正解だ」

ようやく殿下の言葉の意図が読み取れて、私の心は軽くなる。そうか、この殺意はジル自身から直接私に向かっているものではないのか。

ベルクライン公爵は甘言を用いて、ジルを洗脳した。ジルを道具にして私を殺すために。

確かに私が気を向けるべきは道具を使う側なのかもしれない。

「約束しよう。僕は必ず君を守る。自分に向けられた殺意よりも、大切な人に向けられた殺意の方が腹が立つということを僕は初めて知ったから」

「え、エリック殿下？」

突然の低い声に驚いた私はエリック殿下の顔を見る。

そこには憎悪の感情を剝《む》き出しにし、冷たい目をする殿下がいた。

つい最近まで毎日のように暗殺者に狙われていたときには、こんな顔はしていなかった。

（こんなに、大切だと思ってくれていたなんて……）

その様子を見て、自分はエリック殿下にとって大きな存在になれたのだと嬉《うれ》しく思う。

「エリック殿下、ならば私を殺せると確信するほどまで、ジルとベルクライン公爵を引きつけましょう」

「引きつける？　どういうことだい？」

「言い逃れができなくなるような確固たる証拠を掴《つか》むのですよ。私は彼らを泳がせるための餌として動きます」

決めた。こうなったら、刺し違える覚悟で二人に挑む。

この命を、エリック殿下がベルクライン公爵を捕まえるために使おうと決心した。

私自身を囮《おとり》にして、真実を暴くのだ。誰がどういう手段で狙っているかはわかっている。

そう、これはチャンスなんだから。今は攻めるときだ。

「いや、それは如何《いか》にも危険ではないか？」

「守ってくださると仰《おつしや》いましたから。もちろん、嘘《うそ》はありませんよね？」

「もちろんだ。それは天に誓ってもいい」

私はエリック殿下に確認した。守ってくれると言ってくれたことを。

ならば、私はそれをどこまでも信じたい。

私にとってもエリック殿下の存在は、どんどん大きくなってきていたから。

◆

「エリック殿下！　なぜ、ベルクライン公爵を拘禁せぬのですか!?　彼奴《あやつ》は大逆を企てようとする重罪人ですぞ！」

ジルを尾行した日の二日後の朝。聖女のお務めに出ると伝えにエリック殿下のもとを訪れた私は、ヨハンさんが殿下に詰め寄っている場面に出くわした。

「ベルクライン公爵がジル殿に禁術を授けて、レイア殿の暗殺を企《たくら》んでいるのは明白！　某《それがし》らにはそれを止める義務があるではありませぬか！」

「顔が近い。そして、声が大きい。少しは声を落とせ」

「こ、これは失礼仕《つかまつ》る」

激昂《げきこう》するヨハンさんを静かに宥《なだ》めるエリック殿下。

ヨハンさんの気持ちは嬉しいけど、私たちはまだ行動を起こすわけにはいかない。

もちろん、今すぐにベルクライン公爵とジルを捕まえてしまえば、私の暗殺を防ぐことは容易だ。

「残念だが、今の状態では憶測の域を出ない。ベルクライン公爵は四大貴族の一人だ。王族の次に大きな権力を持っている。その影響力は強い」

「そんなことは承知しております！　しかしながら、殿下自らが尾行して知り得た証拠があるではありませぬか！」

「ふむ。そうだな。遠くから見て会話を推測しただけの証拠ならあるな。だが、これは証拠ではなく、証言にすぎない。あの男を確実に大逆罪で処断するには不足しているのだ」

残念だけど、今の段階ではせいぜいジルベルト家の嫡男と婚約しているジルとの浮気問題を明るみにして、動きを一時的に封じるくらいしかできない。

だが、それでは意味がない。もっと客観的で言い逃れできない証拠を出さないと、根本的な解決にはならないだろう。

「では、ジル殿を拘束して取り調べては如何《いかが》ですかな？　そしてベルクライン殿の企みを証言させるのです。彼女がレイア殿を狙うように誑《たぶら》かされたと自白すれば、ベルクライン公爵とて、無罪というわけにはいかぬと思うのですが」

「いや、それは僕も考えたがやめた方が良いと思っている。ジル・ウェストリアはベルクライン公爵に随分と心酔しているみたいだった。拘束されそうになったら、自らに致死毒を盛って自害する恐れがある。彼ならそれくらいの指示は出しているだろう」

（それはどうかしら……。本当にそこまでするかは姉の私ですら読めないもの）

でも、あの子が悲劇のヒロインであることを貫くなら、涙を流しながら毒を飲んで、ベルクライン公爵への愛を貫くというシナリオも十分に考えられる。

愛する人に迷惑をかけるくらいなら、死んだ方がマシだという思考。そういうのって、如何にもジル好みに聞こえる。

もちろん、わが身可愛さが勝って、まったく考えなさそうとも思っている。

どちらにせよ人の心というのは読めないから慎重にならなくちゃいけない。予想外の行動が一番怖いのだから。

「うーむ。難しいですな。話を聞く限り、実際にジル殿がレイア殿の命を狙った瞬間を取り押さえても、自害するやもしれませぬぞ」

ヨハンさんは懸念を指摘する。

そうかもしれない。だから、私たちはギリギリまでジルを捕まえることはできない。

ベルクライン公爵が言い逃れできない状況を作るまでは。

「そのとおりだ。少なくとも、ベルクライン公爵がいつどこで、レイアの暗殺を企てるのかそれは把握すべきだろう」

「しかし、そんなことどうやって知れば。密偵を使いますか？」

「ダメだ。それは情報漏洩《ろうえい》のリスクが高い。獣を捕えるには罠《わな》。昔からそう相場が決まっている。美味《うま》そうな餌をちらつかせてやろうではないか」

「わ、罠ですと？」

いつどこで私を狙うのか、それを予《あらかじ》め知っておけばいくらでも対策は打てる。

ヨハンさんの言うように探りを入れるという手もあるけど、もっと楽な方法があるはずだ。

エリック殿下も人が悪い。罠などと言うから、これでは私たちが悪役みたいに見えてしまいそうだ。

「そうだ。連中におあつらえの舞台は整えてやるとする。こうして、な」

「フィリップ・ジルベルト主催、婚約お披露目パーティー。こ、これは一体」

ヨハンさんは殿下が手渡した紙を見て驚愕《きょうがく》した顔を浮かべる。

「何の疑いもなく、僕が、レイアが、出席するだろうという舞台を作ってやった。昨日、ジルベルト公爵に言ったんだ。きっちり婚約者に誠意を見せるために、息子にパーティーくらい主催させたらどうだ、とね。当然、ベルクライン公爵にも招待状は出させている」

いつ狙ってくるのか待つよりも、エリック殿下は誘い出すことを選んだ。こういう駆け引きのとき、勝つためには主導権を握らなきゃならないからだ。

私の元婚約者で、ジルの現婚約者でもあるフィリップ様は公爵家の嫡男。

エリック殿下はフィリップ様のお父上で四大貴族の一人であるジルベルト公爵に対し、息子に婚約者のお披露目パーティーを開かせるよう命じた。

普通ならエリック殿下の関知する問題ではない。

でも、フィリップ様は私と婚約破棄したあとにジルと婚約したにもかかわらず、それを破棄している。更には、私と再び婚約しようとまでしてきた。

一連の流れにエリック殿下が激怒したのはジルベルト公爵も知っている。

その怒りを受け、公爵はウェストリア家に頭まで下げて、再びジルと息子を婚約させたのだから。

自らの息子が誠意ある行動をしているとエリック殿下に認めてもらおうとしているのなら、婚約者お披露目パーティーを開けという殿下の命令は変だと思っても従うほかないのだ。

そしてこの婚約パーティーこそ、ベルクライン公爵をおびき寄せるための餌。

殿下は彼が牙を向けてその餌に食らいつこうとすることを利用し、捕えようと考えている。

「私にエリック様、そしてジルとベルクライン公爵が同じ場所に集まる機会。しかも飲食をする立食パーティーです。毒を仕込むにはうってつけだと思われます」

「レイア殿、あなたはまさか囮に!?」

「ジルは必ず、私に接触をするはずです。毒を仕込むために。その瞬間こそベルクライン公爵の企みを暴く絶好の機会だと思っています」

ジルが殺意を持って私に接触してきたときこそ、最大にして唯一のチャンス。

ここで、私たちはベルクライン公爵の企みを看破する。

招待状にベルクライン公爵が応じる保証はないが、心理的にジルの報告を待つよりも自ら私が殺される様子を確認したいはずだ。

そうしないと万が一失敗したときにフォローもできないし、証拠の隠滅もできない。

ゆえにベルクライン公爵は来るかどうかは心配していなかった。

「レイア殿の覚悟は伝わり申した。だが、会場にベルクライン公爵をおびき寄せたことに成功したとて、どのようにして、確たる証拠を掴むのですか？　なんせ、凶器は毒魔法《アークポイズン》。身体検査などではわかりませぬ」

「ヨハンの言うことはもっともだ。だから、ベルクライン公爵が自分の罪を自ら認めるように工夫する」

「そ、そんなことが可能なのですか」

エリック殿下の発言に目を見開いて、信じられないというような顔をするヨハンさん。

私も彼の意見には半分同意だ。殿下からは作戦があるとだけしか聞いていないから、私もまだそこは疑問がある。

でも、殿下は適当なことは言わない方だと信じているし、きっと大丈夫。

かくして、私たちとベルクライン公爵の戦いは、フィリップ様主催の婚約お披露目パーティーと決定した。

◆

フィリップ様とジルの婚約お披露目パーティーが開かれるまで残り一週間。春のほんわかとした陽気とは裏腹に、ピリピリと緊張した日々を過ごしていた。

殿下は色々と準備する必要があると言っていたけど、それはどんな準備だろうか。

あの男の言いなりになって、私を殺そうとしているジルにも思うところはあるけれど、裏で糸を引いているベルクライン公爵こそ諸悪の根源だ。彼だけは絶対に許してはならない。

エリック殿下ほどではないが、自らの手を汚さずに目的を達成しようとするその卑劣さに私も怒っていた。

「僕の頭の中では完成している。ベルクライン公爵に自らの罪を認めさせる作戦が」

ヨハンさんがエリック殿下に詰め寄った後で、人払いした殿下は私にだけ作戦を教えると口にした。

随分と慎重なのね。ヨハンさんやリンシャさんから漏れるとは思えないけど。

そんな考えが表情に出ていたのか、殿下が人払いの理由を話す。

「ヨハンたちのことを疑っているんじゃないよ。ただ、これは知っている人が少なければ少ないほど成功率が上がる作戦なんだ」

「どういうことですか？」

「演技力が要求されるってことだよ。ヨハンやリンシャにはできるだけ素知らぬ顔をしてもらいたい。ならば知らない方が自然なのさ」

確かに本当に作戦を知らなかったら、顔にまったく出ないとは思う。

でも、少し気になったことがある。私も演技など得意ではないということだ。

「あの、なぜ私には作戦を伝えるのですか？　ジルに毒を盛られるのが私だからでしょうか？」

「もちろん、それもある。だけど、それ以上に大事なのは表立って動くのがレイア。君ってことだ」

「わ、私がですか？」

なるほど。よく考えなくても私は何かしらの行動を起こす必要があるに決まっている。

ジルの毒殺を回避しつつ、ベルクライン公爵を罠に嵌《は》めるなんてことをするのに、私が棒立ちしていては作戦も立てようがないだろう。

「そうだ。君に負担をかけることになるから、無理ならば言ってくれ。別のやり方を考えよう」

「無理などと言うつもりはありません。身内が絡んでいるのですから、どのような作戦でも受け入れる覚悟はできています。それで、私は一体何をすればよろしいのでしょうか？」

ジルのこともあるし、できないなどと言うつもりはない。

なんだってする。ベルクライン公爵とジルの思いどおりにはさせない。

「順を追って説明をする。……レイアは熱を操る魔法はできるか？　物を熱くしたり、冷やしたりという」

「熱、ですか。難しい魔法ではありませんので、もちろんできますよ。殿下が仰っているのはこういうことですよね？」

私は両手を広げて同時に右手から炎を、左手から氷を出してみせた。

まぁ、これは視覚的に捉えられるように行ったことで、熱だけを操るならもっと簡単。炎や氷を発生させるという現象を起こすよりも、もともと存在する物質に働きかける方がずっと楽だから。

でも、こんなこと聞いて何になるのだろうか。

「さすがはレイアだ。それでは作戦を説明する。まずは――」

私はエリック殿下から作戦の全容を聞いた。

それは、なんというか。平たく言えばペテンだった。嵌められた方は堪《たま》ったものではない。

誠実で正義感が強い方だと思っていただけに、エリック殿下がこういった作戦を考えつくのは意外だった。

「普段ならもっと正々堂々とやりたいと思ったのだが、今回は諦めるとする。あの男が君を狙うのなら、僕もやり方を変えるしかない」

「エリック殿下、それって……」

「ん？　ああ、そのままの意味さ。だが、これは僕の勝手な考えだから、君は気にしないでいい」

そう話す殿下の横顔は今までみたどんな表情よりも凛《りん》としていて、私は言葉を忘れてしまった。

出会った日のやりとりが嘘みたいに思える。

どこまでも信じられると思わせるような表情。殿下は気にしないでいいと言ったが、私の記憶の中に今日のことは深く刻まれた。

「それじゃあ、早速だが準備しようか。例のものを作るには材料がいるだろう？　知り合いの魔道具屋に調達させよう」

「理屈は簡単なので、材料があれば私でも作ることは可能だと思います」

私とエリック殿下は王都へと買い物に向かった。

王都には色んなものが売っている。

そのなかで私たちが目指したのは魔道具屋。魔法の力を道具に付与して、私たちの生活を豊かにする道具を作っている場所だ。

照明や体温を測る道具など身近なものもあるし、大きな魔力を注入しなくてはならないけど、ダンスを踊るからくり人形まで、本当に色んなものが揃《そろ》っている。

しかし、私たちが用事があるのは道具じゃなくて材料の方だった。

「おおっ！　殿下ではありませんか！　お久しぶりです！」

「ご無沙汰しているね。主人、早速だが、これを取り揃えて欲しい。理由は聞かないでくれると助かる」

「はぁ。それは容易《たやす》い御用ですが。子供の玩具《おもちゃ》用の材料ですよ、これ」

一週間後に必ずやベルクライン公爵を捕まえてみせる。

魔道具屋から材料を調達した私たちはさっそく準備を始めた。なるほど、これは演技力も磨かなくては失敗するのは目に見えている。

重大な役目を任せてもらえた代わりに、重圧も凄《すご》い。でも、やりきってみせる。もちろん、自分の命を守るためというのもあるけど……。

ここまで、殿下がお膳立てしてくれたのだ。期待に応えたいと素直に思っていた。

◆

殿下の計画のもと色々と準備をし、とうとうフィリップ様の婚約者お披露目パーティーの夜を迎えた。

さすが四大貴族といった盛大なパーティーで、国中の有力な貴族達《たち》の馬車が邸宅前に集まっている。

案内され会場に足を踏み入れると沢山の着飾った招待客達が各々談笑し、楽団の生演奏が聞こえてきた。

名家の嫡男が婚約すると聞けば当然挨拶に来ようとする者は多い。それだけ、今回のフィリップ様とジルの婚約は注目度の高いものだった。

「ベルクライン殿。よくぞ我が息子のパーティーへ来てくださった」

「ジルベルト公爵、お招き感謝します。ご子息が美しいお嬢様と婚約なさったと聞けば、私も目の保養にと馳《は》せ参ずるのは当然のこと」

「ははは、相変わらずですな。ベルクライン殿も選《よ》り取《ど》り見取《みど》りだろうに。早く身を固めては如何かね？」

「そうしたいのですが、独身生活の方が私に惚れ込んでましてね。中々、私を解放してくれないのです」

もちろん、その中にはベルクライン公爵もいた。会場の中央付近でジルベルト公爵と談笑している。

和やかな空気で話す様子を視界入れつつ、よく来てくれたと私は心の中で歓迎していた。狙われている立場ではあるが、公爵が来てくれないと何も始まらない。

自然体を意識して、彼に視線を送るのを私は我慢する。

当たり前だけど、ジルとは無関係という体で参加していた。

「やぁ、フィリップくん。あのレストラン以来だね。今日は招待してくれて嬉しいよ。君のお父上に言われたが、そろそろ私も結婚しなきゃと焦らなきゃならないらしい。誰かいい相手を紹介してくれないか？」

「いやいや、公爵殿なら僕の力を頼らずとも引く手あまたでしょう。焦る必要など――」

「そうですわぁ。ジェイド様は格好いいのですから、すぐに結婚できますわぁ」

「「――っ!?」」

ベルクライン公爵は、主役であるフィリップ様にも笑顔を見せながら挨拶に行ったが、そこにジルが割り込んだ。

ジルが当たり前みたいにベルクライン公爵に寄り添ったから、二人の表情が瞬く間に強《こわ》ばる。

これは、予想外の事態だ。あの子は何をしているのだろうか。

「んっ？　ジル？　随分と公爵殿との距離が近くなってないか？」

「はい。ジルはジェイド様のことをお慕い――」

「はっはっはっ！　二人とも似合いのカップルだ！　初々しい二人の邪魔になってもいけないから、今日はパーティーを楽しむとするよ！」

大声で笑って誤魔化すベルクライン公爵だけど、目が笑っていない。

自分の計画がこんなことで台無しになると考えると、生きた心地がしないだろう。

ベルクライン公爵はジルのそういうところを見誤っていたのだ。

――あの子は決して隠し事が上手《うま》いタイプではない。

何度も馬脚を露わしていたが、そのたびに泣いて誤魔化してきただけなのである。

当然、ベルクライン公爵は二人の関係についてバレないように演技しろと命じているに決まっている。もちろん、ジルも承知したはずだ。

だけど、今のジルの頭の中は恐らく、好きな人の前で如何に可愛い自分を見せるかに集中しているのだ。

彼のあの引きつった顔はあてが外れたというか、なんというか非常に困った表情をしていた。

どうやらジルの本質を知っていても、程度はわからなかったのだろう。

でも、ベルクライン公爵だけではない。エリック殿下や肉親の私ですらジルという子の本来の性格を考えきれていなかった。あの子はどんな場所、どんな状況でも自分のことを優先させるのだ。

「レイア、君の妹は大丈夫なのか？　僕は少し引いている」

エリック殿下は我が妹の様子を見て、あ然としていた。

私からすると見慣れた光景も、殿下から見ると異様に映るのだろう。そう、あの挙動こそがジル・ウェストリアの本質なのだ。

「ベルクライン公爵に思った以上に夢中なのがわかりました。あの子、今は彼に可愛いと思われることしか考えていません」

「いや、それで計画が台無しになったらベルクライン公爵に嫌われるとか考えるだろ」

（嫌われる？　そうね。普通の感覚ならそう考えるかもしれないわ）

でも、ジルはそんなこと考えない。なぜならあの子は……。

「いいえ。あの子はそもそも愛されることが当然だと思っているのですよ。私も見誤っていました。よく考えるとジルはそもそも自害するような性格じゃない。泣けば全て許されると信じている子です」

ジルは多分、虐《いじ》められると主張していた私にすら好かれていると考えていると思う。可愛いと言われるのが当たり前の人生だったから。

私も、自らの命が狙われているという緊迫感の中で忘れていたけど、我が妹のこういう一面がフィリップ様を魅了して、結果的に私の婚約が破棄されたということを思い出す。

ベルクライン公爵も焦っているだろう。ジルを簡単な女だと侮っていたことを後悔しているかもしれない。

でも、命を狙っている敵に同情する場合じゃない。ここでベルクライン公爵が計画を諦めたら、一番間抜けなのはこの催しを開かせた私たちになるんだから。

まさか、ジルの言動でこちらまで攪乱《かくらん》させられるとは思わなかった。本当に困った子だ。

「助けに行くぞ。レイア」

「助けに、ですか？　はぁ、まさか自分を殺そうとしている相手の計画を手伝うとは考えもしませんでしたね」

とにかく公爵たちが行動を起こさないとこちらも困るので、私とエリック殿下はフィリップ様のところへと足を向ける。

彼は訝《いぶか》しそうにジルを見ていたが、エリック殿下の姿に気付いて背筋を伸ばした。

「婚約おめでとう、フィリップ」

「え、エリック殿下、今日はよくぞ来てくださいました。……れ、レイアも、うん。来てくれて礼を言う。色々とすまなかった」

「ああ、招待してくれてありがとう」

「私は何も気にしておりません。フィリップ様も負い目を感じなくて結構ですよ」

フィリップ様は私たちに向けて気まずそうな顔をする。こちらとしても利用している立場なので罪悪感があった。

この一件が解決した後には謝罪をしようと思う。さすがに可哀想《かわいそう》な気がするもの。

「レイアお姉様ぁ、来てくれて嬉しいですわぁ。お姉様が来てくれませんと始まりませんからぁ」

「ジル、婚約おめでとうございます。フィリップ様と新たな生活を営む準備も大変でしょうが、早く慣れると良いですね」

ジルは私がフィリップ様に声をかけるなり、こちらに顔を向けてキラキラとした笑顔を見せる。

相変わらず妖精みたいな顔している彼女を見て、私の心は複雑だった。

「はい！　ジェイド、じゃなかったフィリップ様との新たな生活も楽しみですわ」

「「…………」」

――この子は本当に浮かれているみたいだ。

多分、ベルクライン公爵に企てが成功した暁には妻に迎えると言われたことを頭から切り離せないでいたからだと思うけど、名前を間違えるには最低のタイミングだと言わざるを得ない。

面倒なことになってきた。ベルクライン公爵、今の彼はどんな気分なのだろうか。

ちなみに私の気分は最悪だった。今日まで準備したことを台無しにされそうになっていたから。

「おい、ジル。今、ジェイドって言わなかったか？」

当然、フィリップ様はジルを問い詰める。婚約者が名前を間違えたのだから腹を立てるのは自然な流れだ。

どうしよう。ジルを庇《かば》うわけにもいかないし。とにかく、ベルクライン公爵との関係を知らないと装わなくては。

「ジル・ウェストリア！　婚約者の名前を間違えるとは何事だ！　君はフィリップと婚約していることが不本意なのかもしれんが、公の場での態度でそれはあまりにも不義理だぞ！」

「ひぃっ！」

「そもそも、以前会ったときから僕は君の態度が気に食わなかった！　いいか！　このパーティーの趣旨は――！」

（え、エリック殿下。何を……？）

ジルに対して更なる追及をしようとしていたフィリップ様の横でエリック殿下が突然、ジルを大声で糾弾し始める。そのあまりの剣幕に私たちは皆、圧倒され言葉を失っていた。

そして、怒鳴られたジル本人は早くも涙目である。もう、今にも泣き出しそうなくらいだ。

「で、殿下！　エリック殿下！　おやめください！　ジルは緊張しているだけなのです！　些細《ささい》なミスくらい大目に見てください！」

「ぐすっ、ぐすっ……、お母様ぁ、エリック様が、ジルに意地悪を……」

義母のエカチェリーナが飛んできて、エリック殿下からジルを守ろうと弁護する。

そうしている間にジルは涙をボロボロ流して、子供のように泣き始めており、周囲は騒然としてきた。

これは酷《ひど》いことになった。騒ぎに気付いた会場中の注目がこちらに集まっている。

「ウェストリア夫人！　僕は友のため、フィリップのために怒っているのだ！　なぁ、フィリップ！　君も許せないだろ⁉」

「えっ？　そ、そうですね。ですが、ジルも反省しているでしょうし、もう気にしないことにします」

エカチェリーナに対して、エリック殿下は友人のために怒っていると睨《にら》みつける。

そしてフィリップ様にも同調するように話を振ると、彼はそれ以上の追及をやめると言い出した。

そう、彼はジルの失言を追及するよりも、王太子殿下であるエリック殿下の怒りを抑えることを選んだのだ。

つまり全ては計算。エリック殿下はフィリップ様がジルを弁護することを狙って、わざと大げさにジルを糾弾したのである。

「まさか怒ったフリをして乗り切るとは思いませんでした」

「んっ？　実は半分は本当に腹が立っていたんだ。ここまでの準備を台無しにしかねない想定外の出来事だったからな」

どうやらエリック殿下は本気で怒っていたみたいだ。ジルはなんて恐ろしい子なのだろう。さっそく殿下の平静を崩すとは。

思わぬトラブルが起きてしまったが、ここからは気を引き締めてベルクライン公爵を追い詰めなければならない。殿下の言うように、ここまで準備した甲斐《かい》がなくなるのだから。

◇（ジル視点）

うふふふふ、今日という日をわたくしはずっと待っていましたの。

頭が良くて、格好良くて、そして何より、わたくしのことを誰よりも想《おも》ってくださるジェイド様。

今日のことが上手くいけば、ベルクライン家に迎え入れると約束していただけて、わたくしは胸がいっぱいになりました。

よくわかりませんが、ジェイド様はレイアお姉様を邪魔に思っているみたいで、わたくしが聖女であることが理想だったと仰せになってくれました。お姉様よりも頑張っているわたくしが聖女として相応《ふさわ》しいとも。

ですから、ジェイド様のために、聖女になるために、お邪魔虫のお姉様には消えてもらいますわ。

わたくし、そのために沢山努力しましたの。ジェイド様が努力は必ず報われると仰るのでそれはもう頑張りました。

ジェイド様の言うとおり頑張ったおかげで、致死毒魔法《デスポイズン》をマスターして、あとは機会を待つだけだと言われてました。そんなとき、フィリップ様に呼び出されます。

行ってみると、婚約者お披露目パーティーを開くというお話でした。

わたくし、すごく嫌だと思いましたの。そんなパーティー最悪ではないですか。

だって、わたくしは身も心もジェイド様のモノですし。

大きな声を出したり、怒ったりする意地悪なフィリップ様の婚約者としてパーティーなど出席したくありません。ですが、それを聞いたジェイド様は……。

「婚約者のお披露目か！　はははは、そいつはいい！　フィリップくんも粋なことをするじゃないか！　いや、どうやって君とレイアを接触させるか悩んでいたんだよ！」

大きな声で機嫌良さそうに笑って、喜んでくれました。ジェイド様はなにか悩みがなくなったのだそうです。

レイアお姉様を殺すのに相応しい日が来たと、わたくしの頭を撫《な》でながら語るジェイド様。

ああ、計画を語られる表情も素敵ですわぁ。なんて凛々《りり》しいのでしょうか……！

パーティー会場なら、自然にお姉様が口にする飲食物に毒を仕込むことができるから、都合が良いのだと仰っています。

そんなこと考えもしませんでした。さすがはジェイド様。頭がいいですわぁ。

パーティーの料理も飲み物も全て毒味されているはずで、毒でお姉様が亡くなっても原因はわからないと判断されるか、用意したジルベルト家の責任になるから好都合だとも教えてくださいます。

ふふふ、この計画が成功したらわたくしはジェイド様のお嫁さん。楽しみですわ。

目の前でエリック殿下やフィリップ様と談笑しているレイアお姉様を見て、わたくしは輝かしい未来が近付いていることを確信しました。

「エリック殿下、こちらのワインはジルベルト家が今日のために仕入れた至高の逸品です。どうぞご賞味あれ」

フィリップ様がエリック様とお姉様にワインを勧めています。

そんな三人のやり取りを遠目で観察していたジェイド様もフィリップ様たちに近付いていきます。

わたくしの方にもチラッと視線を送り、手のひらを開いて握る動作をしました。これはあらかじめ決めていたサインです。

わかりました。今がチャンスなのですね。

「やぁ、フィリップくん。私もワインには目がないんだ。どうか一杯いただけないかね」

「どうぞ、どうぞ、召し上がってください」

ジェイド様にレイアお姉様たちの視線が向かった瞬間、わたくしはお姉様のグラスに触れました。

ここまでは打ち合わせどおりです。

致死毒魔法《デスポイズン》は一瞬でも時間があれば十分。これでレイアお姉様のワインはひと口飲めば、二〜三分後には呼吸が困難になり、息ができなくなって、死んでしまわれる毒水になってしまいましたの。

本当は一瞬で殺せるくらい強力な即効性のある毒を出すことが理想だったらしいのですが、ちょっと触れるだけではこれが限界でした。

でも、たったの数分で死んじゃう毒ですわ。ジェイド様も凄いって褒めてくれましたし、わたくＸX

しも術が上手く使えるようになるために沢山練習をしましたの。

うふふ、レイアお姉様。わたくしがお姉様の代わりに幸せになって差し上げますから、恨まないでくださいね。

「ジル、あなたもワインを飲みますか？」

「はい。フィリップ様、わたくしにもワインをいただけませんでしょうかぁ」

間抜けなレイアお姉様はわたくしの存在に今さら気付いて、ワインを飲むかどうかを尋ねます。

お姉様、いつもそうやって上から目線ですから、大事なことに気付きませんの。

わたくしのことをもっと愛して、妹の欲しい物を何でも奪っていくような卑怯《ひきょう》な性格でなければ長生きできましたのに。

ズルばかりしている人生を毒で苦しみながら後悔したら良いのです。

「ふむ。ジルも飲むのか。よかろう」

フィリップ様はわたくしにもワインを注いでくださいます。

飲みますとも、ワインを飲んでお姉様が死んだとき。わたくしたちも危険だったという演出とやらをしなくてはいけない、とジェイド様も仰ってましたし。

「それでは、早速いただかせてもらうよ。……へぇ、流石《さすが》はジルベルト家御用達《ごようたし》のワインだな。美《お》味《い》しいよ、フィリップくん」

「美味しいですわ。お姉様もお飲みになってくださいな」

ジェイド様がワインを一口飲みます。そして、わたくしに合図を送り、わたくしも一口いただきます。

さぁ、お姉様の番ですわ。お飲みください。その毒入りのワインを……！

「……そうですね。私もいただきます」

お姉様はわたくしに促されるままに毒入りワインに口をつけます。

うふふふふ、お馬鹿なお姉様。本当に残念で愚かですわね……！　ずるばかりしたから天罰が下ったんですの。お姉様は死ぬべき人なのだとジェイド様も言っておりましたわ。

今まで、お姉様のせいでわたくしがどんなに惨めな思いをしたか、知っていますか？

ふふ、知っていたらこんなことにはならなかったかもしれませんね。

遅いかもしれませんが、あの世で少しは反省してくださいな。


これで終わりですの！　ジェイド様！　わたくし、やりましたわ！

あの、レイアお姉様に！　何をしても勝つことができなかったお姉様に！

遂《つい》に勝つことができましたわ！

――お姉様、さようなら。わたくし、これから楽しい人生を堪能させていただきます。

やっと、わたくしが主役、そうヒロインになれた気分です。

最後には清く正しく美しく生きたものが勝つのですね。神様、わたくしに加護を与えてくれてありがとうございます。

これから先はわたくしが聖女になり、あなたに祈りを捧《ささ》げましょう。

「とても美味しいです。……フィリップ様、こんなにも素敵なワインをいただいてしまったのでお返しと言ってはなんですが、一つ芸事をお見せしましょう」

「芸事？　珍しいな、レイアがそんなことをするとは。せっかくだし、見せてもらおう」

ふふふ、芸事？　お姉様、急ぎませんと、そんなことはできませんわよ。

だって、お姉様は死んでしまわれるのですから。そう、たったの数分で！

「ここに赤色のボールと黒色のボールがあります。フィリップ様は赤色のボールを握っていてください」

「赤色のボールを、だな。わかった。んー、ひんやりしているな」

何かレイアお姉様が変なことをフィリップ様にさせています。

親指くらいの大きさの赤色のボールを、フィリップ様に握らせてどうするっていうのでしょう。

お姉様自身も、自らの手のひらに乗せている黒色のボールをわたくしたちに見せてきます。

「次に私の黒色のボールを見てください」

「あ、あれ？　一瞬で色が赤色に変わったぞ。どういうことだ？」

「フィリップ様、手を開いて赤色のボールだったものをご覧になっていただけますか？」

「えっ？　ぼ、僕のボールが黒色になっている。まるでボールが入れ替わったみたいだ」

ふーん……。フィリップ様の手のボールの色とお姉様の手のボールの色が入れ替わっていますわね。

はいはい、とぉ～っても凄いですわ。流石こういう小手先芸が得意で、それで聖女になっただけありますわね。

もう、死んじゃいますけどね。うふふふふ。

「わからないな。どうやったんだ？」

「簡単です。転移魔法《アポート》を使いました。フィリップ様が認識するよりも早く、ボールを入れ替えたのです」

「へぇ～～。転移魔法《アポート》か！　物の場所を一瞬で入れ替える魔法だろ？　そんなの伝説の魔法だと思っていたよ！　全然気付かなかった！　びっくりしたぞ！　こうやって握っていても入れ替えに気付かないのだからな！」

はいはい。達者ですわね、レイアお姉様は。お亡くなりになることが惜しい存在ですわ。

転移魔法《アポート》なんて伝説の魔法ができることが自慢なんでしょうけど、そういう自慢のせいで死ぬのですから、要らない力でしたわね……。

「成功して良かったです。実は気付かれないかどうか不安でしたので、一度練習をしたのですよ」

「練習？」

「それはですね、練習として入れ替えてみたのです。グラスにワインが注がれた後に、私のワイングラスとベルクライン公爵のワイングラスを――」

「「っ!?」」

ああ、そうでしたか。

まだ魔法の自慢を続けるのですね。まったくお姉様ったら、自慢ばかりして――。

「オエエエエエエエエエエエエエエエエエエッッッ！」

えっ？　えっ？　な、何が起きましたの？

急でした。いきなり、ジェイド様は顔面蒼白《そうはく》となり、その場で下品な音を立てながら何かを口から吐き出そうとしたのです。

……何をされていますの？　せっかくの端整なお顔が台無しですわ。

◇（レイア視点）

目の前で胃の中のワインを吐き出そうと必死なベルクライン公爵。

ジルはその様子を不思議そうに眺めている。まだ、何が起こっているのか理解していないのか、口をポカンと開けていた。

鈍感すぎて呆《あき》れるけど、この際彼女は関係ない。大事なのはベルクライン公爵に知らせることだったから。

それが達成したのだから、良しとしよう。私は喉をかきむしりながら、膝を落としている哀れな若き公爵に視線を移した。

「オエエエエッ！　た、助けてくれ！　ジル！　解毒だ！　解毒魔法《アンチポイズン》を早く！」

やはり、ジルに解毒魔法《アンチポイズン》も教えていたか。解毒魔法《アンチポイズン》はその名のとおり毒魔法《アークポイズン》の効果を中和させて、解毒する魔法。

解毒できるのなら、取引にも利用できるし、不測の事態にも対応できるということね。

想定はしていたけど、流石にベルクライン公爵は周到だった。

もっとも、あの焦った様子を見る限り、自分が毒を盛られることまでは想定していなかったみたいだけど。

しかし、ジルに解毒を頼むというのは失言だ。もう、頭の中は混乱して冷静な判断ができないと見える。

（悪いけど、ジルをあなたに近付けさせないわ）

私はジルの右腕を摑もうと手を伸ばす。

「ジェイド様ぁ、解毒魔法《アンチポイズン》ですかぁ？　でも、わたくしが毒を盛ったのはレイアお姉様のワインですよぉ」

ちょうどそのとき、ジルは頼んでもいないのに自白してくれた。

この子、私を殺そうとしたことに罪悪感はないのだろうか。しかも今の言葉から察するに、まだ状況を把握していないみたい。

「バカ！　空気読め！　バカ女！　それを転移魔法《アポート》で僕のグラスと入れ替えたと言ってただろう！　オエエエエエッ！」

「あー、そういうことですかぁ。でもぉ、ジェイド様ぁ、バカ女だなんて酷いですぅ。グスン……」

「あああああああっ！　面倒くさい！　な、なんでもいいから、早く！　解毒魔法《アンチポイズン》を！」

自白に次ぐ自白で、私たちは唖然《あぜん》としながらも二人の会話に耳を澄ます。

毒を飲んで冷静さを失ったベルクライン公爵とマイペースなジルの相性は最悪。彼女はこんなときだというのに自分の世界に入っていた。

ベルクライン公爵の敗因はジルのような性格の子を手駒として選んだことだろう。

もしかしたら、これは私たちが何も知らなくても失敗していたかもしれない。こんなに無様な状況になるとは思わなかった。

「ベルクライン公爵、今、レイアに毒を盛ったという話と聞き捨てならぬ会話をしていたが、これはどういうことだい？」

「はっ――!?　エリック、貴様……！　私を嵌めたなっ！　どうやって私の計画を知ったのだ!?　転移魔法《アポート》で入れ替えとは卑劣な！」

エリック殿下がジルの自白に合わせてベルクライン公爵を追及する。

ここにきてようやくベルクライン公爵は、自分が嵌められたことに気付いたらしい。

本来なら入れ替えられた時点で気付いていても良さそうだけど、混乱していて、そこまで気が回らなかったのかもしれない。

「もう、君が毒を飲んでかなり経《た》つ。呼吸もしにくいだろう」

「はっ!? がはっ、がはっ！ ジル！ 解毒魔法《アンチポイズン》だ！ 早くしろ！」

「ぐすっ、ぐすん！ 大きな声は怖いですのぉ！」

毒を飲んだ時間について問われると、ベルクライン公爵は思い出したかのように苦しそうな顔をして、ジルに解毒を頼む。

しかし、ジルはもう自分の世界に行ってしまって、帰って来ない。ヨハンさんが彼女の背後に立っていて、いつでも拘束できるようにもなっている。

「ジルはこのとおりです。しかし、ここに万能霊薬《エリクサー》があります。あなたの差し金でジルは私を暗殺しようとしたこと、兼ねてからエリック様に暗殺者を仕向けたことを認めれば、お渡ししましょう」

ジルが動かないことに絶望の表情を浮かべるベルクライン公爵。

私は彼に助け船を出す。万能霊薬《エリクサー》、万病に効くという伝説の薬を持っていると。小瓶に入った液体を見せながら、自分の罪を認めるか質問を投げかけたのだ。

「え、万能霊薬《エリクサー》だと!? かはっ、がほっ、み、認める！ 認めるよ！ だから、早くそれをくれ！」

あっさり認めた。やはり自分の命は惜しかったみたい。

「ご覧のとおりだ！ 相次いだ、僕の暗殺未遂、そして、今日は、国を守る聖女レイアまでもこのジェイド・ベルクラインは暗殺しようとした！ 今日お集まりの皆には、この男が自供したという事実の証人となって欲しい！」

今までに数多くの刺客をエリック殿下に送り出していたベルクライン公爵。

彼は護衛である私にもその毒牙を向けようとした。私の妹を誑かして。

その全ての罪をパーティー会場に集まった多くの貴族たちの注目の中、彼は認めた。

つまりこれは誰もが認める客観的で言い逃れできない証拠ができたというわけだ。

素直に罪を自白したベルクライン公爵にはご褒美を与えよう。

「み、認めたぞ！ 認めたから！ 早く、私に万能霊薬《エリクサー》を！」

「どうぞ、お飲みになってください」

「んぐっ、んぐっ、んぐっ……、ぷはぁ。……はぁ、はぁ、はぁ。わ、私は、何ということをしてしまったのだ」

私は小瓶をベルクライン公爵に手渡した。

彼は物凄い勢いでそれを飲み干す。それから急に頭が冷えたのか、愕然《がくぜん》とした表情で項垂《うなだ》れてしまった。

どうやら、ようやく冷静さを取り戻したようだ。同時に自分のしでかしたことの重大さを理解したのだろう。

「ジェイド・ベルクラインよ、観念するがいい。君にはあの役人たちの件以来、ずっと疑念を持ち続けていたが、ようやく尻尾を見せたな」

長い間、エリック殿下はベルクライン公爵のことを疑っていたが手は出せなかった。

ようやく、彼にとっての因縁に終止符が打たれる。

「黙れ、偽善者！　あいつらを殺したのはお前だろ!?　あいつらには円滑に法整備を進めるために金を握らせただけだ！　そのおかげで、助かる人間が数多くいたものを！」

「…………」

「いいか、よく聞け！　お前の身勝手な正義がそれを潰したのだ！　お前が余計なことをしなければ私の大切な者は奪われなかった！　だから、私も私の正義のためにお前を潰すことにした！　大切な者を奪ってな！」

ベルクライン公爵は、自らの手駒として動いていた役人たちがエリック殿下に糾弾された件について怒りの言葉を発する。

彼が失った大切な者というのはあの役人たちのことなのだろうか。奪われたから、自分も奪うという理屈を吐き出すベルクライン公爵の目は血走っており、いつもの甘いマスクはなりを潜めていた。

「それがどうした？　君はその役人たちを守るどころか殺したではないか。あの事件の詳細をもう一度資料で確認したが、自殺に使った毒薬の入手経路が不明だった。君はジル・ウェストリアに使わせた毒魔法《アークポイズン》と同じモノの実験を、彼らを使ってさせたのではないか？」

エリック殿下は、二人の役人が同日に自殺した手段はジルの使用した禁術、強力な毒魔法《アークポイズン》であると推理している。

確かに役人たちも多少は魔法の心得があったみたいだし、ジルのように一瞬で発動させるのは無理だとしても、使うことだけならそこまで難しくなかったのかもしれない。

殿下があの日、資料で確認していたのは使われた毒が何であるかということ。

しかし、それは一切不明であり、私とジルを尾行をしたときに禁術の存在を知り、ピンと来たそうだ。

「あいつらは私の理想のためなら喜んで死んだ！　私にこの国の未来を託したのだ！　最期まで私の役に立つことを誇りに思っていたさ！　畜生！　お前がこの国の王太子じゃなければ……！　畜生！」

ベルクライン公爵は悔しそうに顔を歪《ゆが》ませながら、エリック殿下に恨み節をぶつける。

この方には、この方の信念があったのかもしれない。だからといって邪魔者を殺すというやり方だけは、どうしても認められるはずがない。

なぜ、それがわからなかったのだろうか。

「君の主張は後でいくらでも聞いてやる。ヨハン、ジェイド・ベルクライン及び、ジル・ウェストリアを拘禁せよ！」

「御意！」

「エリック・エルシャイド！　この青二才が！　お前はまだこの国の闇から逃れられちゃいない！　覚えていろ！」

「えっ？　えっ？　わ、わたくし、何でしばられているのですか？　お、お姉様！　わたくしをお助けくださいまし！　お姉様！」

ヨハンさんの指示で待機していた兵士たちはベルクライン公爵とジルを拘束して連行した。

ジルは最後、私に縋《すが》るような目を向けて、そのまま連れて行かれる。

誰かに縋りたく、悲しいのは私も同じだ。なんで、あなたがこんなバカげたことに手を貸したのか教えて欲しい。

こうして、四大貴族の一人であるベルクライン公爵が罪人として拘束されるという前代未聞の事件と共に、フィリップの婚約者お披露目パーティーは幕を閉じた。

◆

ベルクライン公爵とジルが拘禁された日の翌朝。私はいつものようにエリック殿下の執務室へと向かった。

エリック殿下暗殺未遂の主犯であるベルクライン公爵は、爵位を即日剝奪された。

彼への取り調べでは、エリック殿下暗殺を成し遂げるために、私財を投げ売ってまで刺客を近隣諸国から特殊なルートで雇い続けていたと判明した。

しかしながら、私がエリック殿下の護衛になってからというもの、多くの刺客がすぐさま捕えられてしまい彼の計画は頓挫寸前となる。

（そうなるわよね。いくら四大貴族といえども資金には限りがあるんだから）

送った刺客が簡単に捕えられるようになったら、送る意味すら疑わしくなる。

そこでベルクライン公爵は考えたという。邪魔な私をまず消そうと。エリック殿下の暗殺を成し遂げるために。

そう思った彼は聖女にこそなれなかったが、毒魔法《アークポイズン》の素養が高いジルに目をつけたのだ。そして以前に手に入れた、禁術の発動方法が書かれている古文書を使い、ジルに致死毒魔法《デスポイズン》を覚えさせたのである。

ベルクライン公爵にはもう余裕がなかったのだろう。だから、私たちの誘いにも安易に乗ってしまった……。

「それにしても、レイア殿の転移魔法《アポート》は素晴らしかったですな。見事にベルクライン殿のワイングラスと入れ替えて」

「ええーっと、ヨハンさん。違うのですよ。実は私、転移魔法《アポート》をあそこまで鮮やかには使えません。というより、認識されずに入れ替えるなど不可能です」

「えっ？」

ヨハンさんが私の転移魔法《アポート》を褒めてくれたが、本当のことを話すとあれはハッタリなのだ。持っている者すら認識できないスピードでワイングラスを入れ替える芸当などできない。

そもそも、転移魔法《アポート》などという魔法が本当に存在するのかどうか私は知らない。大昔の凄い魔術師が使っていたという伝説は知っているが、それだけだ。

「実はあのボール、温度で色が変わるように私が作った魔道具なんです。冷えていると赤色なのですが、温めると黒色になります。フィリップ様が握りしめた際に体温でボールが黒色に変わるようにして、逆に私は魔法で冷やして赤色に変化させ――あたかもお互いのボールが入れ替わったように見せかけただけなのです」

「その後、フィリップのリアクションを見たベルクライン公爵が、レイアの練習の発言を聞いて勝手に自分が毒を飲んだと思い込んだというわけさ」

つまり、ベルクライン公爵はそもそも毒など飲んでおらず、毒を飲んだと思い込んだだけで醜態を晒《さら》したのだ。

致死毒魔法《デスポイズン》とやらの恐ろしさを知っているからこその反応。吐き出そうとすると、呼吸も苦しくなるし、お酒も回っていただろうから、身体《からだ》の変調の有無を確認するのは難しかったと思う。

殿下はそれも計算していた。致死毒魔法《デスポイズン》が呼吸困難で死に至らしめることを、例の役人二人が自殺した資料から推理したのだ。

「な、なるほど。いや、それではレイア殿は毒入りのワインを飲むことになりますが」

「私のワイングラスはジルがワイングラスを受け取っている時点で、エリック様と入れ替えましたから。皆の視線がそちらに集中している隙を見て」

「ワインについてはジルベルト公爵に話を振っていたから用意することはわかっていた。だから、ジル・ウェストリアがワイングラスに毒を盛ろうとすることも、ベルクライン公爵が自分に疑いを向けないためにも、そのワインを飲もうと近付くことは想定していたということさ」

ジルがフィリップ様が用意したワインに食い付き、ベルクライン公爵がワインを口にした瞬間に勝負はほとんどついていた。

ベルクライン公爵は、勝ったと思った瞬間にすでに負けの道へと足を踏み入れていたのだ。

「じゃ、じゃあ、万能霊薬《エリクサー》というのも嘘でござったと」

「もちろん、ただの水です」

「レイアの演技力も中々のものだろ？　僕も意外な才能に驚かされた」

実際に演技には特に力を入れた。エリック殿下にも釘《くぎ》を刺されたから、練習も行った。その際にはダメ出しも結構された。

決して妥協は許されずに容赦なかったのだ。

そもそも嘘をつき慣れていないので、緊張に加えて重圧も凄かった。

ヨハンさんに種明かしが済んだところで私は出かける準備を始める。

私には急ぎやるべきことがあった。実家に報告に行かないとならないのである。妹の処遇や、ウェストリア家の今後などを家族に報告するために。

エリック殿下は別の者に行かせても良いと言ってくれたが、これればかりは私がケジメをつけないとならない。

◆

「おおっ！　レイアよ！　よくぞ帰ってきてくれた！　もはや、お前だけが頼りだ！　ウェストリア家を！　私たちを守ってくれ!!」

「レイア、聖女として立派にエリック王太子殿下の護衛を務めているあなたは、我がウェストリア家の誇りです。ジルのような親不孝者とは違うと最初から思っていました」

いつもは玄関先などに来ることなどない父と、ジルのこと以外で私に話しかけてなどこない義母が、私が家に入った瞬間に駆け寄ってくる。

ジルがエリック殿下の護衛で、聖女でもある私を毒殺しようとした、今回の一件。

当然のことながら彼女は牢獄《ろうごく》行きとなったので、我が家としては一大事だ。

とはいえ、被害者もウェストリア家の人間である私なので、我が家はギリギリ没落を免れたという状況になっていた。

大逆を犯そうとしていたのはベルクラインで、ジルの容疑は殺人未遂。厳密に言えばジルもベルクラインに手を貸そうとした時点で同罪なのだが、エリック殿下が私に気を遣ってくれたのだ。

憲兵隊に取り押さえられたジルは子供のようにずっと泣いていた。

まるで被害者のように、理不尽に虐げられていた可哀想な娘のように、最後まで悲劇のヒロインである自分を捨てなかった。

『ぐすん……、お姉様が聖女にならなければ。ぐすっ、ぐすっ、エリック様に近付いたりしなければ、わたくしは幸せでしたのに。ぐすっ、ジェイド様ぁ……、幸せにしてくれると仰ってくださいましたのに酷いですわぁ』

牢獄の中でもずっと泣き続けているというジルは、全てを他人のせいにして、事情聴取もまともに受けられないとのことだった。あの子には反省をしてもらいたいけど、どうしたら良いのだろう。

彼女への刑罰が確定するのはベルクライン公爵の余罪が全て明らかになった後ということで、まだ先になりそうだ。

頭を冷やして、少しでも自分の罪と向き合って欲しい。それが姉としてあの子に望むことだった。

「……ジルのことはわかった。とにかく、お前はエリック殿下に家のことをよろしく頼むと、念を

押してお いてくれ！」

「エリック殿下もあなたのことは気に入っているはずです。結婚できるなら、早くしてしまいなさい。ジルベルト家からの後ろ盾がなくなった今、この窮地を何とかするにはこれしかありません！」

牢獄に入れられたジルに面会にも行っていないという両親は、私を通じてエリック殿下に縋ろうとしている。

段々、腹が立ってきた。そもそも、この人たちがあのようなジルを育てたのに。こういうときこそ、助けようとすべきではないのか。

「あなたたちがジルのわがままを、そのまま放置したんじゃないですか！」

「「えっ？」」

「ジルだって、昔からあんな感じじゃなかった！　あの子が罪を犯したことに責任は感じていないのですか!?　それでも、親ですか!?」

私は気付いたら大きな声をあげていた。

許せなかったのだ。勝手なことばかり言うこの二人のことが。

「レイア！　く、口を慎みなさい！　私たちが悪いですって!?　あなた、親に向かって説教するつもりですか!?」

「親に向かって、と主張するなら、せめてそれらしい態度をお取りになってください。私はいつでもあなた方と縁を切る覚悟はできていますから」

「お、おい！　レイア！　待つんだ！　今、聞き捨てならんことを！　殿下に！　エリック殿下には余計なことは言わんでくれよ！」

焦る父の言葉を聞き流して私は実家を出た。

（この家に次に戻るのはいつになるのかわからないわね。もしかしたら戻らないかもしれない）

結局、両親は私どころかジルのことすら完全には愛しきれていなかったのだろう。あの子がもし、少しでも省みることができる子だったら、今回のようなことは起きなかったかもしれない。

初夏の日差しを受けながら私は馬車に乗り込んだ。

エピローグ

家に帰ってから三日ほど経《た》った。私も興奮気味で親に反発したが、向こうからこちらに行動を起こすことはなかった。

ジルのところに面会にも行っていないようで、娘のことは無視することに決めたのだろうか。

いつものように殿下の執務室で紅茶を飲みながら、私は両親たちの態度について考えていた。

ちょうど今は休憩時間なのである。

そんな私にエリック殿下が声をかける。出てきたのは思ってもいない話だった。

「陛下がレイア、君に会いたいと仰《おつしや》ってな」

「国王陛下が私に？」

突然もたらされた、エルシャイド王国の国王陛下――ジークフリート・エルシャイドとの謁見。

国王陛下のご尊顔を拝むのはこの王宮に来て初めてのことだった。

そもそも王族の方とは気軽に話せない。

王太子であるエリック殿下とはほとんど毎日、第二王子であるデール殿下とも時々顔を合わせる生活の方が変なのだ。

国王陛下は私に何の用事があるのだろうか。

（もしかしたら、エリック殿下が暗殺者に狙われることがなくなったから護衛を解雇になるとか？）

あり得る話だろう。そもそも聖女である私が、王太子の護衛を務めることは異例中の異例なのだから。

私はそのことをエリック殿下に伝えてみた。

「――ふむ。僕の護衛を解雇ね。それはないよ。リンシャだって解雇になってないんだから」

「ちょっと、エリック！ それはどーいうことネ！ リンシャ、海よりも深く精一杯頑張ってるアルよ！」

エリック殿下はリンシャさんを引き合いにして、国王陛下が護衛の人事について口を出すことはないと断言する。

リンシャさんは実際に強い。修羅場を潜《くぐ》ってこの国に亡命してきただけあって、危機察知能力も高いので護衛としての能力は申し分ないと思う。やりすぎて、私が来たときは謹慎処分を受けていたけど。

「自分の命は自分が信じた人間に預けるように言われている。ヨハンもリンシャも、それにレイアも。きっかけがどうであれ僕が信じて選んだんだ。たとえ父上であろうと人事に文句は言わせないさ」

右手をそっと私の肩に添えて、優しくそんな言葉をかけられるエリック殿下。その言葉は私のなかにすっと入ってきた。

なんで私はいつも、こんなに素直に殿下の言葉を信じられるのだろう。

「杞憂《きゆう》でした。変なことを聞いてしまって申し訳ありません」

「謝ることはない。まぁ、僕はレイアが護衛を辞めたいのかもしれないと焦ったけどね。……君は必要な人だ、側《そば》にいて欲しい」

「勿体《もったい》ないお言葉です」

自分自身が命を預けるに足る人間だと信じた者を護衛にしていると言ったエリック殿下は、私を必要だと言ってくれた。

それは聖女としての力があるからだろうか。

どういう理由であれ、私にとっては嬉《うれ》しい言葉だった。エリック殿下からの信頼はどんな勲章よりも名誉なことだから。

そんな話をしているうちに、謁見の時間が近付いて、私とエリック殿下は国王陛下のもとへと向かった。


「あの、殿下。謁見の間に向かうのではないのですか？」

「ああ、僕もそのつもりだったんだけど。別の場所、父上のプライベートルームで話がしたいとのことでな」

てっきり謁見の間に向かうものと思っていたが、エリック殿下が地下へと向かわれたので、私は疑問を口にする。

この階段自体、そしてプライベートルームなるものの存在自体を私は知らなかった。国王陛下が待つのは一体どんな場所なのだろうか。

「父上、聖女レイア・ウェストリアを連れてまいりました」

地下への階段の先には扉があった。エリック殿下は扉をノックした後に私を引き連れてそこに入る。

「あー、そんなに堅苦しくしなくてよいぞ。顔を上げてこちらを見るがよい」

「………………」

国王陛下がそこにいた。私とエリック殿下はもちろん、跪《ひざまず》く。

円卓に加えて椅子が三脚。それだけしかこの小さな部屋にはない。なんとも質素な部屋だ。

これが国王のプライベートルームとは信じられない。

私は思った以上に緊張しているようで、心臓の鼓動が速まり息が詰まりそうになっていた。

息子であるエリック殿下が暗殺者に狙われていようと、無言を貫いていた陛下はきっと厳しい御《お》方《かた》なのだと思っていたから。

だけど、こちらを見ろと言われれば私も殿下もそれに従う他はない。

銀髪のエリック殿下やデール殿下とは違い黒髪。しかし、どこか二人の面影を感じる端正な顔立ちの男性が、椅子に座ってこちらを見ていた。

こうやって、近くで見ると実年齢よりも随分と若々しく見える。

「レイア殿、此度《こたび》の働き大儀であった！　ベルクラインの悪の所業を突き止めたのは、お主が命を賭して囮《おとり》となり、言い逃れのできない証拠を掴《つか》んだからである。自らの妹に命を狙われ、それゆえ、自らの家に非難が及ぶと覚悟の上で。その心意気が見事だとワシは評価する！」

「いえ、私はエリック殿下の護衛として当然のことをしたまでです。義務を果たしたにすぎません」

陛下は私のことを褒めてくださった。

特にウェストリア家の信用に直結する問題にもかかわらず、妹のジルに命を狙われることを受け入れて証拠を上げることに心血を注いだことを。

私としては、護衛としての責務を果たすことが最優先だったので、こうすること以外の選択肢が思い浮かばなかっただけ、それでも評価してもらえるのは嬉しかった。だが。

「まぁ、堅苦しい話はここまでにしよう。せっかくここに来てもらったのだ。腹を割って話そうではないか。…………レイア殿、息子を守ってくれて感謝する。ワシは……、ワシは、国が乱れることを恐れて息子の心意気に応えてやることができなんだ！」

椅子から立ち上がり、私のもとへと近付く陛下。

目に涙を溜《た》めてそう言葉をかけてくださる陛下から、私はとても大きな親心を感じた。

「へ、陛下？」

「レイア殿、これからも聖女として、護衛として、息子を何卒《なにとぞ》よろしく頼む！　ワシには頭を下げることしかできんが、エリックが義を貫き通せるように支えて欲しい」

私の手を握りしめて涙を流す国王陛下から伝わるのは、紛れもなくエリック殿下への愛情だった。

陛下の涙には言葉では言い表せないほどの優しさが込められている。それはエリック殿下にも伝わっていると思う。

（陛下は誰よりもエリック殿下を認めていた）

私はその答えに自信が持てた。握られた、この手が温かいから。

「父上、僕のことを評価してくれていたことは嬉しいですが、些《いささ》か不自然です。なぜ、レイアの前で？」

そうだった。エリック殿下の話によると幾度となく暗殺されかけても、陛下は放っておいたと聞いている。

それが、ベルクライン公爵の罪が明るみになったことがきっかけで、真意を話すようになられたのにはどんな意味があるのだろうか。

エリック殿下はそれが疑問なのだろう。

どうしてこのタイミングで、しかも私の前で打ち明けたのか。

「四大貴族の一つであるベルクライン家を処罰するのだ、これから国内は混乱の渦に巻き込まれるだろう。お前の器量を見極めようと思うて静観していたが、もう必要あるまい」

「「…………」」

「レイア殿の存在はお前にとって大きなもののように思えたからな。彼女にも知っておいて欲しかったのだよ。これから話す本題も含めて」

「本題？」

陛下はベルクライン家を処罰した後混乱が巻き起こると断言した。国家の安寧のために沈黙をしている意味はないとも。

（それはそうかもしれないわね。エリック殿下が黙っておく理由をなくしたのだから）

その上、どうやら陛下のお話には更に先があるみたい。

私にも聞いて欲しいという〝本題〟とはなんなのだろうか。わざわざこのような場所に呼んで、話さなければならない〝本題〟とは……。

「──大貴族に与えておった〝特権〟を廃止する。ワシの名のもとに、な」

「「──っ!?」」

陛下は大貴族、つまり公爵たちに与えられていた特権を廃止すると口にした。

（陛下は自分の口にしていることがどれだけ大きなことかわかっているのだろうか。そんなことしたら、ベルクライン家だけじゃなく他の大貴族たちからも大きな反発があるに決まっている）

公爵たちに与えられた特権。

それはすなわち、特別枠の役人の任命権、領地に関して独自法の制定、各種税金の免除など他の貴族と比べて優遇された権利のことを指す。

特権の廃止はエリック殿下が目指していたことの一つ。

この特権こそが国を迷わせる原因だと彼は考えていたのだから。

事実として、特別枠の役人の任命権は試験などをパスしなくとも、四大貴族の推薦だけで役人になることが可能なため、不正の温床となっていた。

だけど、この特権を撤廃する権利がある人間はこの国でただ一人。国王陛下だけ。

それゆえエリック殿下は自らが国王になったら、真っ先にそれを成し遂げたいと奮起しており、大貴族たちから疎まれるようになったのだ。

そんな反発が必至の特権廃止を、国王陛下は自らの名のもとに行おうとしている。

流石《さすが》のエリック殿下も予想していなかったのか、かなり驚いた表情していた。

「父上、ご自分の仰っていることを理解していますか？　そんなことをすれば間違いなく――」

「暗殺対象はワシになるだろう。今すぐに特権を廃止するというても、それが実際に本決定するまで一ヶ月ほどの間があるからな。そして、ワシを殺した後は次期国王のお前に危険が及ぶだろう」

「ベルクライン公爵が拘禁されても、まだ父上や僕は狙われると……」

「デールに秘密裏に探らせておる。表向きは公爵たちの都合の良い人間を演じさせてな。さすがに尻尾は見せんが、ベルクラインだけでなく、もう一人お前の命をしたたかに狙っとる者がおる。恐らくそれが本当の黒幕だ」

「「――っ!?」」

ベルクライン公爵のみならず、別の公爵もまたエリック殿下の命を狙っている。ただでさえ衝撃的な事実だが、しかもデール殿下にそれを探らせていたとは。

「で、デールが僕のために。……ですが、何故ですか!?　特権廃止は僕が王になった上で然《しか》るべきときに成し遂げるつもりです」

「だからこそだ。お前が王になるときには一切の憂いがない状態にしたいと思うておる。これはワシの最後の願いだ」

それは国王陛下の覚悟の表れのように見えた。

陛下はエリック殿下に賭けていたのだ。

もしも、殿下が大貴族の不正に対して一石を投じることができれば、後は自分が責任を取ろうと予《あらかじ》め決めていたのだろう。

「エリック、お前のことだ。ワシが今、特権を廃止する意味はわかっておるのだろう」

更に陛下はエリック殿下に特権を廃止する意味を問いかける。

私もわかってしまった。そして、これを本題として私にも聞かせた意味も。

「――この機を利用して不穏分子を全て排除する。期間は一ヶ月。その間に父上の命を狙うということは、どうしても無理が生じるはずです。その隙を見逃さずに、僕にそいつらを一網打尽にしろ、と」

「そのとおりだ。お前がそれを成し遂げた暁には誰もお前が王になることに異論を挟むまい。レイアと共に、この国の膿《うみ》を全て消し去るのだ……！　次の世代へ希望を示すために！」

国王陛下の最後の願いは、この国の未来に希望を与えよという壮大な話に繋《つな》がった。

まさか、婚約破棄されたあの日にエリック殿下に声をかけられたことから、このような話に関わるようになるなんて、思いもしなかった。


国王陛下との謁見が終わり、私とエリック殿下は王宮の中庭を歩いている。

庭には白や桃色、様々な品種のバラが咲き誇っていた。庭師の仕事ぶりも大したものだ。

いつの間にか季節は動いている。あの肌寒かった日がつい昨日みたいに感じられるのに。

澄み切った青空の下、陽光に照らされたエリック殿下の銀髪はより一層輝いていた。

「君には苦労をかけたな」

「エリック殿下……」

寂しそうに微笑《ほほえ》みながらエリック殿下は、私を見た。

その海のように濃い藍色の視線に私はハッとしながらも、殿下の次の言葉を待つ。何を言うつもりなのだろうか。

「レイア・ウェストリア！」

「は、はい！」

エリック殿下は突然私の手を握りしめた。戸惑う私をよそに、殿下は言葉を紡ぐ。

「父上はああ言っていたけど。僕は聖女として、とか、護衛として、とか。そういうのではなく、君自身の意思として側にいて欲しい」

「わ、私自身の意思で、ですか？」

「これから今までよりも危険なことが起こるかもしれない。いや、確実に起こるだろう。だが、君とならこの国を変え、僕の夢を叶《かな》えることができるかもしれないんだ。頼む、僕の我儘《わがまま》に付き合ってはくれないか！」

本当に我儘だったので、私は呆気《あっけ》に取られてしまった。

少しだけ浮いた話を期待してしまった自分が恥ずかしい。

それにしても、聖女としてでも、護衛としてでも、殿下の側にいるのはかわりないのにわざわざそんなことを言うなんて、殿下には困ってしまう。

正義感ばかりが先走って、時々周りが見えなくなる殿下を私は放ってはおけなかった。

「しばらくはお側にいさせてもらいますよ。もちろん、私自身の意思で。たとえ殿下が嫌がっても」

「レイア……」

「その代わり、特等席で見させてください。殿下の理想が現実になった、その風景を」

「ああ、約束する。僕も君が隣で見てくれると嬉しい」

まだこの国に蠢《うごめ》いている闇の全てを晴らすことはできていない。

だけど、私は信じている。この王太子なら、持ち前の正義感で国を照らす光になってくれると。

立ち込める甘いバラの香りに包まれながら、私は明るい未来が来ることを確信していた。

番外編1

リンシャとヨハンのお留守番

「リンシャ殿、エリック殿下たちが尾行をしている間、共に留守を守りましょうぞ」

エリックはレイアと一緒に〝尾行〟に行ってしまったネ。

今日はレイアとトランプするつもりだったのに暇になってしまったアル。

リンシャ、でも留守番頑張るヨ。エリックとレイアの留守は大船に乗って守るネ。

「もちろんヨ。リンシャ、どんな悪い奴《やつ》が来てもぶっ飛ばすアル。そしたら、エリックもレイアもきっと喜んでくれるネ」

「うむ。我らをエリック殿下と勘違いした輩《やから》を仕留める。決して殿下がいないと気付かせぬようにな」

それなら、気付く前に意識を摘み取ればヨロシ。

リンシャ、レン皇国秘伝のぶん殴れば記憶が吹き飛ぶツボ知ってるネ。

首筋のピンとなってる部分にガツンと一発でお終《しま》いヨ。

「しかしながら、エリック殿下がいらっしゃらぬ執務室に某《それがし》ら二人が残るとは。違和感というか、なんというか、新鮮ですな。ここから出るわけにもいかぬので、日課のトレーニングはここでさせてもらおう」

ヨハン、いつもみたいに片手で腕立て伏せ始めたアル。

毎日、毎日、隙あらば筋トレしてるネ。食事も鶏肉《とりにく》ばかり食べてるし、いつか鳥になって羽毛が生えないか心配してるヨ。

「ふんぬっ！　ふんぬっ！　リンシャ殿！　某の背中に乗ってくれませぬか!?」

「リンシャ、男を尻に敷く趣味はないアルよ。どこまでも淑《しと》やかに生きるをモットーにしてるネ。他の女をあたるとヨロシ」

いきなり背中に乗れとか、ヨハンはマニアックアル。

ヨハン、そういうのはエリックが帰ってきてから、相手を探せばいいネ。なぜ、このタイミングでリンシャにそんなことをせがむヨ。

「そうではありませぬ。某のトレーニングの手伝いをして欲しいのです。より強い訓練をするために負荷を掛けねばなりませぬから」

重りの代わりになれということネ。アイヤー、リンシャ、勘違いしたアル。

だけど女の子に向かって重りになれは失言ヨ。ヨハンはデリカシーがないのがたまに瑕《きず》アルよ。

「仕方ないアルね」

リンシャも暇だし、ヨハンの筋トレに付き合ってやるネ。

いつの間にか中指一本で指立て伏せしていたヨハンの背中にジャンプして飛び乗る。思ったよりも乗り心地がいいアルなー。

「ぬぐっ！　これは中々、いい負荷であるな。リンシャ殿、見かけによらず――」

「重い、言ったら泣かすネ」

「御意！　失礼つかまつる」

またデリカシーのないことを言おうとしたヨハンに殺気を当ててやったヨ。

まったく、何も学ばない男アルね。だからいつまで経《た》っても結婚できないネ。

「ふんっ！　ふんっ！」

とはいえ、毎日エリックを守ると鍛えてるのは感心アルね。

頑張るの偉いヨ。レン皇国のことわざでも針山の上に千年と言われてるネ。我慢強いことはいいことアル。


「エリック殿下！　お時間よろしいでしょうか！　シュナイダーです！　エリック殿下！」

三時間くらいヨハンの筋トレに付き合ってやっていたら、ドアを叩《たた》く音と男の声が聞こえたネ。

悪い奴が来たアルか。それならリンシャに任せるネ。

「まずい。シュナイダー殿が来られた。ジルベルト公爵派の役人の……」

「……おかしいな。返事がない。執務室から出てないとのことだったが。何かあったのかな？

入っても大丈夫だろうか」

ヨハンは青い顔をする。察するにまずいことが起こってるアルね。

大丈夫ネ。そのためにリンシャがいるアルよ。

「あの、エリック殿下！　貯水ダムの工事の予算をご覧になっていただきたいのですが！　あ、あれ？　誰もいな――」

「スキありアル！」

「べぶっ！」

「リンシャ殿――――っ!?」

入ってきた怪しい男の首筋を背後から叩き落とす。

こんなに隙だらけとは情けない男ネ。これじゃあ寝首かき放題アルよ。

「な、なんてことをしてしまったんですか！　シュナイダー殿は暗殺者ではありませぬ！」

「知ってるアル。でもエリック、誰にも気付かれるな言ってたネ。だったら、入ってきた人、みんな倒せばヨロシ」

「んあー！　それはそうかもしれませぬが。仕事でやってきた役人を……、昏倒《こんとう》させるのはやりすぎですぞ！」

ヨハン、リンシャを見縊《みくび》るなヨ。この男が暗殺者じゃないことくらい動きを見れば一目瞭然ネ。

でも、エリックの言いつけ守るにはこれしかないアルよ。

「ん、んんっ……」

「あっ！　少し弱く叩きすぎたアル。もう一回叩いとくネ」

「頼むから穏便に済ませてくだされ。リンシャ殿、後生ですから！」

離すアル。ここでトドメを刺さなきゃ、エリックを大船に乗せられないネ。

ヨハン、その怪力を自重するヨ。目が覚めるアル。

「はっ！　わ、私は何を!?」

「シュナイダーじゃないか。僕に何か用事かい？」

「エリック殿下？　いえ、それがわからないのです。気付いたらここにいて」

エリックとレイア、帰ってきたネ。窓から入ってきたから、誰にも気付かれないで良かったアル。

「り、リンシャ殿、シュナイダー殿は何も覚えておらぬみたいだが、何をされた？」

「レン皇国に代々伝わる秘伝のツボ、忘却のツボを一突きして、さっきまでの記憶全部消したアル」

「むむっ、恐るべし、レン皇国……！」

リンシャ、みんなといるの楽しいアル。だから、エリック守るヨ。

敵は全部ぶっ飛ばす。老師の教えを守ってネ！

番外編2 ヨハンのお使い

「某《それがし》が王都に菓子を買いに、ですか？」

「うむ。至急頼んだぞ。リンシャが謹慎中なんだ。お前が買いに行くほかない」

ううむ。困った話になってしまった。普段は来賓用の菓子はリンシャ殿が買いに行っているのだが、彼女は問題を起こして謹慎中。

殿下は御自らや来賓の口に入れるものに対して警戒を怠らない。

手早く済ませるためには信頼に値する者に買いに行かせているが、残念ながらそれに該当する人間は某かリンシャ殿のみだった。

「不服そうな顔をしているな。嫌なのか？」

「いえ、とんでもございませぬ」

迂闊《うかつ》にも顔に出してしまうとは。某もまだまだ修行が足りぬ。

甘いものはリンシャ殿が担当。某はどちらかと言えば塩《しょ》っぱいものや辛いものを引き受けておった。

たかが菓子を買いに行くだけというが、甘く見ることなかれ。菓子の世界もまた奥が深い。

そもそも人には好みというものがある。もてなすための菓子を選ぶとなれば、大勢の〝嫌い〟を回避せねばならぬ。

それだけでも大変なのに、その上で多くの人の〝好み〟を突かねばならぬとすれば、それは至難。

なんせ、世の中には甘味が苦手という者も多くいるのだ。

リンシャ殿はその類稀《たぐいまれ》なる嗅覚の強さで、至高の一品と呼べる品物を見つけて購入する。噂《うわさ》によれば、彼女は町に友人が多く特殊な情報網を持っているらしい。

だが、某にはそのような嗅覚はない。つまり殿下の期待に応えうる品物を購入するには……。

「足で稼ぐしかなかろう。手当たり次第、食べてみて、これだという品を見つけるのだ」

王都の商店街に着いた某は片っ端から甘味を試食し、最高の一品を探そうと歩き回った。

うむ。この辺りは確かリンシャ殿がよく買い物に行くと言っていた一角。様々な甘い香りが某の鼻腔《びこう》を刺激する。

まずは一店舗目、入ってみるとしようか。

「これはこれは、騎士様。何をお求めで」

エリック殿下の護衛団とエルシャイド騎士団は格好がよく似ておるので、見紛《みまが》うのは無理もない。

某もわざわざそれを否定はせぬ。今は時間もないからな。

「来賓用の菓子を所望しておるのだが、何か適当なものはあるか？」

「来賓用でございますか。そうですね。うちではこちらのマドレーヌを一押ししておりますが如何《いかが》でしょう？」

「ま、まどれいぬ？　この貝のような菓子がそれと申すか。……ふむ、なるほど。バターの芳醇《ほうじゅん》な香りが何とも食欲をそそる」

店主が某に差し出したのはマドレーヌという菓子であった。

よく見れば、覚えがあった。

リンシャ殿が買った菓子の中にもあったはず。これは一軒目から当たりを引いたのかもしれぬ。

「お一つ試食されますか？」

「なぬっ？　それはかたじけない。では、さっそく」

某は店主に言われるがまま、マドレーヌを一つ摑《つか》んで口に放り込む。

――カリッ、ふわぁっ、ジュワッ。

「――っ!?」

驚くべき食感である。歯の上でカリッと弾《はじ》けたと思えば、ふわっと包み込むように優しく、そしてジュワッと舌の上でバターの風味が一瞬で支配するような感覚が広がった。

喩《たと》えるならば、クッキーのような軽い食感に、ケーキのようなしっとりとした食感の二刀流。研ぎ澄まされた刃《やいば》が二本も某の口に飛び込んできよったわ。

そして、特筆すべきはこのバターである。最初から某の嗅覚はこのバターの虜《とりこ》にされておった。

バターとはマドレーヌの伴侶ではないかと知らしめるほどの強烈な香りに、某の意識は持っていかれそうになってしもうた。

甘すぎず、さりとて甘さが主張しておらんわけではない。

この甘みは実に奥ゆかしいのだ。風味や食感を際立たせるための、縁の下の力持ち。

これは護衛としての某の生き方にも通ずるのではないだろうか……。

「騎士様、泣いているのですか？」

「店主、それは違う。目から汗が出ているだけである。某、多汗症ゆえ」

「はぁ……」

いかんいかん。あまりの美味ゆえつい感極まってしもうた。

これは決まりでよいだろうか。いや、たった一店舗のみで決めてしまうなど如何《いか》にも手抜きではないか。

「騎士様、どうです？　何箱か買っていただけますか？」

「十箱所望しよう」

「じゅ、十箱も購入していただけるのですか!?」

しまった。初手から十箱も購入するなど某には計画性というものがないのか。

しかしそれだけこのマドレーヌには感銘を受けたのだ。

大丈夫、なはずだ。このマドレーヌが最高到達点。一応、他の店舗も回るが、これを超える逸材は現れぬであろうぞ。

「何という美味なり！　ベイクドチーズタルト、その洗練された甘さに、程良いチーズの酸味！　最高である！　十箱所望する！」

「某、人生においてスコーンに手を出していなかったことをこれほどまでに後悔するとは！　十箱所望する！　そちらのクッキーも十箱だ！」

「んんんまーーーい！　こ、このかりんとう饅頭《まんじゅう》は黒糖と茶の相性を嫌でも知らしめるに値する美味なり！　十箱所望する！」


——やってしもうた。某、欲望の赴くままに甘味という魅力に取り憑《つ》かれてとんでもない量の菓子を購入してしまった。

まさか某の心の内にこのような魔物が住んでいようとは思わなんだ。

こんな醜態をエリック殿下にお見せするわけにはいかぬ。どうしたものか……。

こうなったら、仕方あるまい。この手を使うしかないか。

某は少しだけ寄り道をしてから執務室に向かった。


「ヨハン、ご苦労だったな。昨日の菓子は聖女レイアも満足していた。礼を言う」

「いえ、礼には及びませぬ。某はエリック殿下の忠実な部下でありますゆえ。殿下がお困りとあらば、どのような無理難題にも喜んで応えまする」

良かった。昨日から聖女レイア様が護衛に加わると聞いておった。

まさか彼女をもてなすための菓子を買うとは思わなかったが、気に入っていただけたのなら苦労した甲斐《かい》があったと言えよう。

「話は変わるが、ヨハンよ。一つ気になることがあった」

「仰《おつしや》ってくだされ」

「どういうわけか、今日すれ違う者は皆、僕に『ご馳走《ちそう》さま』と笑顔を向けるのだ。何か心当たりはあるか？」

「…………」

「何か新たな暗殺者の手ではないかと僕は睨《にら》んでいるのだが」

結局、ほとんど持て余してしまった某は王宮中で菓子を配って回った。

これが中々の好評で、護衛団の経費から購入したゆえ、エリック殿下からだと伝えていたのだが……。

殿下が所々で礼を言われてしまう事態に発展してしもうたか。

結局、王都で菓子を買い過ぎてしまったことを正直に話す某。殿下は笑って許してくれた。

やはり、甘いものはリンシャ殿に任せるとしよう。さもなくば、太ってしまうゆえ。

番外編3

五歳の誕生日

僕は王太子だ。国王である父上は長男として生まれた僕に王座をいつか譲ってくれると言っていた。

ゆくゆくはこの国を僕は守らなければならない。父上は王とは国を守り、今よりも良くしなくてはならない者だと言っていた。

いっぱい勉強をして体を鍛えて、立派な大人になり、早く国のために動けるようになるんだ。

そう父上に言ったらとても喜んでくれた。頭を撫《な》でて「大人になったエリックに期待する」と言ってくれたのだ。

「やっぱり僕は早く大人にならなくてはならない。そして父上を助けるのだ。なぁ、ヨハン。僕はいつ大人になれる？　一週間くらいだと助かる」

「うーん。某《それがし》も子供ゆえわかりませぬ。オルブラン流で一人前になるには父上から一本取らなくてはなりませぬが。殿下は某からも一本取れぬゆえ、まだ先のことでしょう」

むぅー、ヨハンめ。僕が全然剣術で敵《かな》わぬからって得意げに笑って。

僕だって明後日《あさって》には五歳になるのだ。そしたら、たったの三歳差に追いつく。

一本くらい取ってやるさ。今に見ていろ。

「大人って何だろうな。どうなったら大人になれるのだろうか」

そもそも大人とは何なんだ。僕はいつ大人になれる？

沢山勉強して難しい本も読めるようになった。かけ算だって三桁までならできるようになった。

剣術だって、ヨハンには敵わぬだけで大人の門下生からは一本取ったこともある。僕は強いんだ。

「そういえば、某。この前、父上が〝高級〟ワインとやらを美味《おい》しそうに飲んでいたので、飲ませて欲しいとお願いしましたが、断られ申した」

「それが何か僕の話と関係があるのか？」

ヨハンの奴《やつ》、なんでいきなりワインの話なんかしているんだ。

ワインなら僕の父上も好きだったな。確かワインの部屋もあったはずだ。

でも、それがどうした。父上がワインが好きだから何だというのか。

「いえ、それが父上はこれは〝大人の〟飲み物ゆえダメだと言う。つまり大人とはワインが飲める者のことを言うのではと思ったのですよ」

「おおー！」

さすがはヨハン。ちゃんと僕が欲しいと思った答えを言ってくれた。

なるほど、ワインか。ワインを飲むことができれば大人か。

これはいいことを聞いたぞ。それなら僕もすぐに大人になれるかもしれない。

「ヨハン、ワインが飲みたくはないか？」

「殿下、某の話を聞いておりましたか？　ワインは大人しか飲めないのですよ」

「だから大人になろうと言っているんだ。僕は明後日には五歳だ。ちょうどいい、五歳の誕生日と共に僕は大人になる。ヨハン、お前も僕と一緒に大人になれ」

「なるほど。そういうことでしたか。それならば、某も付いていきます。父上から殿下の望みは何でも聞くようにと言いつけられておりますゆえ」

僕は決めたんだ。ワインを飲んで大人になってやる。

念のために五歳になっておこう。四歳だと子供っぽさが残ってしまうかもしれないからな。

明後日が楽しみだ。使用人のジェフリーから上手《うま》く鍵を盗まなくてはならないな。

◆

「殿下、これは悪いことなのではありませぬか？　ジェフリー殿から鍵をこっそり奪うなんて」

「何をいうか。僕は大人になって国のために働くのだ。早く大人になることが悪いものか」

ワインを飲めば大人になれる。

嬉《うれ》しかった。ずっと、ずっとなりたかった大人になる方法がわかったのが。

だから僕は我慢できなかった。大人になった姿を父上に見せて驚かせてやろう。そう考えたら、鍵を盗んで怒られるくらいは平気だった。

「なぁ、ヨハン。この部屋には沢山ワインがあるが、何を飲めばいいと思う？」

「わかりませぬ。ただ、あのワインは父上が飲んでいた〝高級〟ワインと似た瓶です」

「〝高級〟とは良い物という意味だよな？　よし、ヨハンあれにするぞ。肩車しろ」

「御意！」

ヨハンは力自慢だ。僕を肩車するくらい簡単にやってのける。

「よっと、これでよろしいか？　殿下！」

「うむ、もうちょっと右に行ってくれ。ああ、行きすぎた。もう少し左だ」

「ぬぬぬぬ、エリック殿下。急いでくだされ。長くは保《も》ちませぬ」

「悪い。右、もうちょっと、右、よーし、止まれ！」

ヨハンの頑張りの甲斐《かい》があって、僕は〝高級〟ワインを手に入れた。

で、これってどうやって開けるのだ？

「なぁ、ヨハン。ワインを手に入れたのは良いが……」

「エリック殿下、父上がワインを開けた道具を持ってきました。某が開けてみせましょうぞ」

「お前は本当に頼りになるな。僕の側《そば》にずっといてくれ」

「言われるまでもなく、このヨハンはエリック殿下のお側にずっといるつもりですぞ。ぬあっ！

殿下、これでワインが飲めますぞ」

ワインの栓が取れた。ヨハン、お前は凄《すご》い。尊敬する。

こいつも一緒に大人になってもらえるのであれば、やはり心強い。さぁ、飲むぞ。グイッと飲んでやる。よーし――。

◆

「そこから先のことは実は覚えていないんだ。僕はもちろん。ヨハンもこっぴどく叱られた」

「まぁ、ヨハンさんに同情します。ふふふ」

「レイア様、わかっていただけますか。某はエリック殿下のやんちゃに付き合わされた被害者なのです」

「お前は年上なんだから僕を止める義務があったはずだ」

やはり、レイアに笑われてしまった。まぁ、笑った顔が見られたのだから良かったとも言えるが。

ヨハンには確かに世話になりっぱなしだな。いつかゆっくりと旅行に行けるくらいの休暇をくれてやるか。

当分はやれんがな。僕の目的達成にはいつも隣にいてくれたお前の協力が絶対に必要だから。

あとがき

まずは第一巻をご購入いただきありがとうございます。

WEBに投稿した順序は前後するのですが、商業化した作品としてはこの作品が四シリーズ目となります。

ですので、そろそろあとがきを書くのも慣れれば良いんですけど、何を書いたら良いのやら……。

ベタですけど、この作品を書いたきっかけから書きましょうか。


きっかけは、ジルというキャラクターを思いついたところからです。

基本的に自分はまず書きたいキャラクターを決めて物語を考えているのですが、敵というか主人公の婚約者を奪う側から考えたのは初めてですね。

髪の色はピンクで涙を武器にして、何もかも自分の都合の良いように解釈する残念だけど可愛《かわい》らしい妹キャラ。読者さんをどれだけイラッとさせるか、そしてそのイライラをクライマックスでどれだけ笑いに変えられるか、執筆していて非常に楽しいキャラクターでもありました。

ジルがあんな感じなので、主人公のレイアは真面目で気が強く自分をきちんと持っている性格にしようとすぐに決まり、エリックもジルにキャラクターで負けてはならないと、正義感が強過ぎるがゆえに大量の暗殺者に狙われる羽目になった王子という濃い設定となりました。

そして、護衛仲間のヨハンとリンシャ。ここは私の趣味を自由に入れさせてもらった感じです。特にリンシャはお気に入り。自分はやはりどんなにシリアスでも物語の中には笑いと癒やしを入れたい我儘《わがまま》な人間なので、今作では彼女にそれを一手に引き受けてもらいました。

ヨハンは番外編を書いていて好きになりましたね。無骨だけど優しくてどこか抜けていて、親しみやすいキャラクターになってくれたと思っています。

あまりキャラクターについて語ったりしないのですが、本作は特にキャラの個性に力を入れましたので、こんな感じのあとがきにしてみました。

それではまた、皆様に手に取って読んでもらえることを願いながら締めさせていただきます。

改めまして、読者の皆様。読んでいただいてありがとうございます。またお会いしましょう！

冬月光輝

作品のご感想、
ファンレターを
お待ちしています

あて先

〒141-0031　東京都品川区西五反田 8-1-5 五反田光和ビル4階
オーバーラップ編集部
「冬月光輝」先生係／「双葉はづき」先生係

スマホ、PCからWEBアンケートにご協力ください

アンケートにご協力いただいた方には、下記スペシャルコンテンツをプレゼントします。
★本書イラストの「無料壁紙」　★毎月10名様に抽選で「図書カード（1000円分）」

公式HPもしくは左記の二次元バーコードまたはURLよりアクセスしてください。
▶ **https://over-lap.co.jp/824000477**
※スマートフォンとPCからのアクセスにのみ対応しております。
※サイトへのアクセスや登録時に発生する通信費等はご負担ください。

オーバーラップノベルスf 公式HP ▶ **https://over-lap.co.jp/lnv/**

OVERLAP NOVELS f

悲劇のヒロインぶる妹のせいで婚約破棄したのですが、何故か正義感の強い王太子に絡まれるようになりました 1

発行　2021年11月25日　初版第一刷発行

著者　冬月光輝

イラスト　双葉はづき

発行者　永田勝治

発行所　株式会社オーバーラップ
〒141-0031
東京都品川区西五反田8-1-5

校正・DTP　株式会社鷗来堂

印刷・製本　大日本印刷株式会社

ISBN　978-4-8240-0047-7 C0093

【オーバーラップ　カスタマーサポート】
電話　03-6219-0850
受付時間　10時～18時（土日祝日をのぞく）

前世薬師の悪役令嬢は、周りから愛されるようです
The villainess who has been a pharmacist in previous life seems to be loved by everyone.
～万能調薬スキルとゲーム知識で領地を豊かにしようと思います～
桜井 悠
illust. 志田
万能調薬スキルとゲーム知識で、
……しかも周りからの好感度が爆上がり!?
領地を発展させます！
悪役令嬢・イリスは薬剤師の自分が病気で死に、好きな乙女ゲームの世界に転生したことを思い出す。しかし、このままいけば婚約破棄で命を落とし、疫病流行により公爵家ごと滅びる未来が待つのみ!? 薬剤師の知識もフル活用して次こそ生き残ってみせますっ！
OVERLAP NOVELS f

第9回 オーバーラップ文庫大賞
原稿募集中！
イラスト：KeG
紡げ、魔法のような物語！
【賞金】
大賞…300万円
（3巻刊行確約＋コミカライズ確約）
金賞……100万円
（3巻刊行確約）
銀賞………30万円
（2巻刊行確約）
佳作………10万円
【締め切り】
第1ターン 2021年6月末日
第2ターン 2021年12月末日
各ターンの締め切り後4ヶ月以内に佳作を発表。通期で佳作に選出された作品の中から、「大賞」、「金賞」、「銀賞」を選出します。
投稿はオンラインで！ 結果も評価シートもサイトをチェック！
https://over-lap.co.jp/bunko/award/
〈オーバーラップ文庫大賞オンライン〉
※最新情報および応募詳細については上記サイトをご覧ください。
※紙での応募受付は行っておりません。